# The MANZAI

十六歳の章

あさのあつこ

角川文庫
21030

目次

1 すべて世は事も無し 005
2 油断大敵は金言だった 037
3 ご用はなんですか 099
4 これまでとこれから 124
5 ぼくたちの行方 146
6 気合と愛と漫才を 186
久しぶり 216

人物紹介

瀬田　歩（せた あゆむ）

中学二年で転校してきた学校で、秋本貴史から誘われて半ば強制的に漫才コンビを組まされる。父と姉を交通事故でなくした後、母の故郷で二人暮らし。

秋本貴史（あきもとたかし）

転校生だった歩に熱烈なアプローチをして、漫才コンビ『ロミジュリ』を組む。公明正大な性格。お好み焼き店『おたやん』を営む母と二人暮らし。

萩本恵菜（はぎもとめぐな）

貴史と同学年で幼馴染。幼いころからずっと彼のことが好きで、歩をライバル視している。『おたやん』を手伝っている。

森口京美（もりぐちことみ）
篠原友美（しのはらともみ）
高原有一（たかはらゆういち）
蓮田伸彦（はすだのぶひこ）

歩や貴史と同学年で、「『ロミジュリ』を応援する会」のメンバーたち。

# 1　すべて世は事も無し

「イエーッ、エイブリボゥディィ」

秋山……じゃなくて、秋本が右手を高々と上げた。

歓声が沸く。

「きゃあ」とか「すてきぃ」とか「たかしーっ」とかに交じって、「お好み焼き食べたい」とか「納豆、ばんざい」とか「キャベツのピクルスと胡瓜の酢漬けは同じなのかーっ」とかの叫びも聞こえる。おそらくピクルスと酢漬けの違いに疑問を呈しているのだろうが、キャベツと胡瓜がまったくの別物であることを失念していると思われるところがそもそも……。

「きゃあきゃあ」「こっち向いてぇ」「もう、最高、すてきよーっ」「愛してる」「発酵食品をもっと食べよう」「健康管理は他人任せにしたら、あかんのや」「おれ、若ハゲが心配だ」「あたし、頻尿」

歓声が一際大きく高くなる。それは岩に砕ける波のように轟き、うねり、ぼくにぶつかってきた。

そもそも、ここはいったいどこなんだ？

ぼくは、どこにいるんだ？

「ヘイ、アユム～。ユー　スタンドバイミーやんか」

秋川……じゃなくて、秋本がぼくの肩に手を置く。その手を払いのけて、一歩だけでも後退りしたかったけれど、足が動かなかった。金縛りにあったみたいだ。

「あ、秋村……」

「ノウ、アキムラ、ノウッ。アイム　タカシ・アキモト。オッケー？　アキモト、オッケー？」

「オ、オッケー。け、けど、おまえ……どうしてそんな格好を……」

舌も軽めの金縛りにあっているのか、上手く動かない。違う。これは金縛りではない。絶句というやつだ。つまり、何らかの理由によって話の途中で言葉に詰まったのだ。

絶句の理由は、秋雨……じゃなくて、秋本の服装にあった。

物凄い。

物凄く、アメリカだ。アメリカより他の要素は微塵もない。アメリカそのもの、アメリカ一色、唯我独尊アメリカだ。

まず、星条旗風のマント（星条旗をマントにしているのか？）に、自由の女神がどんとプリントされたTシャツ、これまた星条旗を模したとしか思えない赤白線と白星の散る青い長方形模様のジーンズ（あぁ、この説明でわかってもらえるだろうか。要するに腰に巻いた星条旗を裁断して、そのままジーンズに張り付けたって感じ、わかる？）。頭にはかのミッ●ーマ●スの帽子（かのディ●ニーラ●ドで売っているやつだ。値段は知らない）。

アメリカだ。まったくもってアメリカだ。しかも、かなりパターン化され、かつ、かなり古いイメージのアメリカだ。フランスといえばシャンゼリゼ通りをフランスパンの覗いた袋を手に歩き、イタリアといえばピザとワインで騒ぎ、ロシアといえばマトリョーシカ遊び、ドイツといえばビールで乾杯し、オランダといえばチューリップ畑の向こうで風車が回り、エジプトといえば砂漠の中のピラミッドまでラクダに揺られ、モンテネグロといえば……、サントメ・プリンシペといえば……、（すみません。この二国については知識不足です）というぐらいのパターン化され、かつ、古いイメージだ（モンテネグロとサントメ・プリンシペは割愛しました）。

今時、こんなアメリカンスタイルをしているやつがいるなんて。絶句するしかないではないか。

「秋鮭、何のために……そんな……」

「ノウッ。アキザケ、ノウッ。タカシ・アキモト、ユー、アンダースタンド？　ア・キ・モ・ト、オッケー？」

「オオオ、オッケー」

そうだこいつは、秋雨でも秋鮭でもなく、秋本貴史だ。

秋本貴史。

身長、知らない（ぼくより頭一つ分は余裕で高い）。体重、知らない（ぼくより七、八キロは余裕で多い）。特技も趣味も知らない。好きなものは知っている。お好み焼きと……ほにゃららだ。ほにゃらら部分についてはあえて黙す。絶対に言語化しない。

ぼくは中学二年の夏の終わり、湊市に引っ越してきた。母さんと二人で。そして、転校先の湊市立湊第三中学校で秋本貴史と出逢った。同級生という形で、だ。

秋本は「まさに、運命。出逢うべくして出逢った二人やな」と堂々と、臆面もなく、恥じる素振りも見せずに言い切るけれど、ぼくとしては自分の力ではどうしようもない災厄に遭遇した気分だ。

秋本貴史は災厄だ。少なくともぼくにとっては、災厄以外のなにものでもあり得ない。

災厄の始まりは、転校してから一月後、十月の最初の木曜日だった。忘れもしない……。忘れたいんだけど忘れられない。忘れなくちゃいけないんだけど忘れられない十月の最初の木曜日。

夏が踵を返して戻ってきたような暑い日だった。やけに蒸して、立っているだけで汗が滲む。不快指数九十二ぐらい（飽くまで個人的感覚です）の嫌な日でもあった。あの日蟬がさかんに鳴いていた気もするが、きっと、耳鳴りでもしていたのだろう。あの日のことを思い出すたびに、ぼくは耳鳴りと目眩と悪寒と吐き気と痺れと末端神経の冷えを覚える。

あの日、秋本はぼくにほにゃららの相方になってくれと申し込んできた。駐輪場の前で唐突に、だ。

ぼくはむろん拒んだ。ぼくには珍しく、断固として拒んだ。

ぼくは小さいときから、いや、高校生になった今も拒否とか否定とかの意思表示が苦手だ。相手を傷つけるのが嫌だからといえば聞こえはいいが、本当は相手を傷つけることで自分が傷つくのが怖いのだと、薄々、感付いていた。優しさではなく臆病、気遣いではなく卑怯なのだと。感付いているから、さらに萎縮してしまう。臆病で卑怯な自分を知り、縮こまるのだ。でも、このときは、秋本にほにゃららの相方を申し込まれたときは、断固として「NO!」を突き返せた。これが不思議なのだが秋本案件に関してぼくは、さほど萎縮することなく、怯えも重荷もまったく感じることなく「NO!」を言える。がんがん断れる。はっきり拒否できる。「嫌だ」も「断る」も「完全却下」も「おまえ、あほか。そんなことあるわけないだろう」も「ぜ――ったいに、駄目」も、難なく口にできる。もちろん、同意も共感もするときはする。

秋本といると意外なほど、自分に素直でいられる。生のままの自分でいられる。秋本に逢わなければ、ぼくは自分の生、生の自分を見つけられずにいたかもしれない。なーんて、殊勝なこともたまに考えたりはするが、だからといって秋本に感謝しているわけではない。もう一度言うが、秋本はぼくにとって災厄そのものなのだ。災いだ。厄だ。災難だ。悪霊だ。

秋本は執拗だ。

執拗にぼくをほにゃららの世界に引っ張り込もうとしている。ぼくが幾ら拒んでも、退けても、めげずに手を伸ばしてくる。正直、ぼくは膝、いや、腰のあたりまでほにゃらの泥沼にはまり込んでいる気はする。

「ふふふ、あゆむ～。ええかげんに観念せえや～」

「わわわ。秋本、放せ。手を放せ。おれはあゆむ～じゃない、歩だ。瀬田歩。名前を勝手に伸ばすな」

「ふふふのふふふ。どんなにじたばたしても無駄やでぇ～。おまえは、もう逃げられへんで～」

「やだ、やだ、助けてくれ。嫌だぁ」

「ほらほら、一緒に沈んでいこうぜ、あゆむ～。ずぶずぶずぶ」

「やめろ。助けて。怖い。名前を伸ばすな」

この実況中継で、無明のほにゃらら地獄に引きずり込まれていく恐怖が伝わるだろうか。些か心許ない。

ぼくは足掻いた。何とか秋本とほにゃららから逃げ出そうと足掻きに足掻いた。様々な策を講じもした。しかし、ことごとく失敗して、這い上がることができなかった。このままでは、本当にほにゃららと秋本に取り込まれてしまう……。

歩、危うし。絶体絶命か。

というときに状況が一変した。

秋本がぼくの前からいなくなったのだ。道を歩いていて蓋を開けたままのマンホールに落ちたとか、大鷲に連れ去られたとかではない。いろいろな事情があり（詳しい説明は省く）、アメリカに行ってしまったのだ。合格したばかりの湊第一高校に在籍したままなので、すぐに帰ってくる可能性もあるけれど、成り行き次第で思いの外長く、あるいは半永久的に行きっ放しってことも考えられる。どっちにしろ、災厄は去った。ぼくをほにゃららに引きずり込む力は消えたのだ。

やれやれ、これで一安心。空は青いぜ、日本晴れ。

ぼくは危地を脱し、胸をなで下ろしたのだった。

淋しく……はない。まったく、ない。秋本と出逢ってから、毎日がどたばた騒がしかった。文化祭でほにゃららをさせられ（しかも、ぼくは女装だった）、地区の夏祭りでほにゃららをさせられ、病院のフリースペースでほにゃららをさせられた。秋本が渡米しなかったら、湊第一高校の新入生歓迎会でもほにゃららをさせられるところだったのだ。げに恐ろしきは、秋本とほにゃららである。

秋本がいなくなって、ぼくの周りは静かで、落ち着いた雰囲気に満たされている。静かで淋しい……ではなくて、心が休まる。ぼくの十六歳、ハイスクールライフは希望と喜びに彩られて始まったのだ。ああ、まことにめでたい。めでたい。

となっていたはずなのに、なぜ秋本が？　目の前に、秋本がいるんだ？　しかも、あまりに滑稽なアメリカンスタイルで……。

ぼくは絶句する。

「おまえ、ほんとに……すげえぞ。キテレツな……悪趣味な、ばかげた、冗談としか思えない、羞恥の極みの、それで地下鉄に乗ったら、乗客のカップルから確実に『今日はハローウィンじゃないよな』『違うわよ、まだ七夕もきてないでしょ』『じゃあ、あいつは何だよ』『しっ、声を出さないで。目を合わせちゃ駄目よ。無視するのよ、無視』的な目で見られる格好をしているんだぞ。わかってんのか？　湊市に地下鉄はないけどな。しかし、見れば見るほど笑えるな。笑うしかないほど笑えるな。あははははは」

絶句しながらも、ぼくは根性で言葉を紡ぎ、紡いでいるうちに舌は滑らかに動き始めた。秋本といると、ぼくの舌は何でだか滑々とよく動くのだ。

「へ？」

と、秋本は目を見張った。

「この舞台衣装がキテレツで、悪趣味で、ばかげていて、冗談としか思えなくて……以下略でええか」

「ぜひ、略してくれ。ついでに、おまえの言いたいことも略して手短に頼む。おまえのべらべらしゃべりに付き合わされちゃ、敵わないからな」

「べらべらしゃべったのは、あゆむ～やないか」

「べらべらなんてしゃべってねえし。名前を伸ばすな。ほら、いいから手短に、ささっと言ってくれ」

「一緒」

「は？」

「ユー＆ミー、一緒の衣装よ」

「はあ？」

不意に秋本が姿見を取り出した。手鏡じゃなくて、姿見、全身が映る大型の鏡だ。いったいどこに隠してあったんだろう。

「ほい、見てみぃ。あゆむ～」

「名前を伸ばすな。見ろったって……ぎょえええっ」

悲鳴を上げる。

鏡の中のぼくは、星条旗のマントをつけて、自由の女神のプリントTシャツを着て、星条旗ジーンズを穿いていた。秋本と同じだ。違うのはミッ●ーマ●スの帽子のかわりに、禿げ頭のカツラを被っているところだけだ。耳の横にもしゃもしゃ毛があって頭頂部は見事につるつるのカツラだ。

「ひ、ひどい」

ぼくはよろめいた。

「ひどすぎる。まだ、ミッ●ーマ●スの方がマシだ」

「ユー、ベリーベリーナイス」

「ナイスなわけねえだろう」

「けど、大受けやんか」

「え？」

どっと笑い声が起こった。

そこはかなりの規模のホールで二階席、三階席まである。びっしりと人が入っていた。みんな総立ちで手を叩いている。スタンディングオベーションってやつだ。けど、どうしてだ。どうしてスタンディングオベーションなんだ。

「イエーッ、サンキュウ、サンキュウ、ベリーマッチーッ」

秋本がミッ●ーマ●スの帽子を取り、ぐるぐると振り回す。拍手、歓声がさらにさらに高く大きくなる。

「あ、秋本、いったい何事が起こったんだ。おれたち……何をしてるんだ」

　不安と不吉な予感に脂汗が滲む。

「ま、まさか……まさか、違うよな。これ、ほにゃららの舞台なんかじゃないよな。違うと言ってくれ」

　星条旗マントの背中に縋りつきそうになる手と裏返りそうになる声を、ぼくは必死で制御した。

　秋本が振り向き、にんまりと笑う。

「何言うてんねん。**漫才**の舞台に決まってるやないか」

「ま、まままま漫才。や、やっぱり……」

　目眩がした。息が苦しくなる。足が縺れる。

　漫才、漫才、漫才、漫才、漫才。

　頭の中をぐるぐる回る。漫才が回る。

「あゆむ～。しっかりしろ」

　秋本の指がぼくの腕を摑む。名前を伸ばすなって何度言ったらわかるんだ。

「興奮するのは当然だ。おれだってもう心臓、ばくばくや。けど、ここが踏ん張りどころや。おれたちは……おれたちは、ついにブロードウェイの舞台に立ったんやからなあっ！」

「は？　どこ？」

「ブロードウェイや。岐阜県でも鹿児島県でもない。正真正銘のほんまもんのブロードウェイやで」

ブロードウェイと聞いて岐阜県や鹿児島県を連想する者がいるだろうか。秋本以外にはいないだろう。

し、しかし、ここがブロードウェイ？

「あゆむ〜。がんばれ。さあ、しっかり立って観客のみなさまの声援に応えよう。そして、さらに飛翔することを誓うんだ」

「秋本、標準語になってるぞ。変てこだぞ。名前伸ばすな。けど、おかしいだろう。ここがブロードウェイだなんて、明らかに間違ってるだろ」

「何でや」

「何でやって、さっき、胡瓜とか発酵食品とか頻尿とか聞こえたぞ。全部、日本語じゃないかよ」

「忘れ短歌。覚えて俳句」

「は？」

「いや、忘れたんか。今日は日本人サービスディ。先着百名様に限り日本人は無料なんや。二階席やけどな。因みに明日はインド人限定ファン握手会で、明後日はロシア人限定お楽しみ会やないか」

「ブ、ブロードウェイで、あ、握手会？　お、お楽しみ会。いいのか、それ、いいのか。ほんとにいいのか」

「イエース、ノウプロブレム。イエーッ。あゆむ～、みんなが応援に来てくれているぞ。手を振れ、手を」

「は？　みんなって……。名前を伸ばすな。うわわわわっ」

二階席を見上げ、ぼくは仰天した。仰天ばかりしているようだが、この状況で仰天より他にできることは、そうないと思う。

二階席には団扇（ぼくの似顔絵が描かれている）やペンライトを手に、おばさん……明らかにご年配と推察されるご婦人方がずらりと陣取っていた。秋本有紗さん（秋本母親、お好み焼き屋『おたやん』経営）がいる。ぼくの母さんもいる。多々良さん（市立病院看護師長　中学のとき同級だった多々良覚くんの母親）がいる。商店街婦人部のおばちゃんたちがいる。マンションの管理人の大野さん……。うわぁ、おばさんたちが勢ぞろいしてる。ブロードウェイのホールの二階席最前列にずらっと並んでいる。そして……。

「ロミジュリーッ」

「すてき」

「あゆちゃーん、がんばれ」

「貴史、その調子やで」

「胡瓜の酢漬け、食べたいわぁ」

「あんた、ここブロードウェイやで。そんなもんあるかいな」

「こっちよーっ。あゆちゃーん、あたし、ここよ。すてきー」

「トイレ、行きたい」

「さっき行ったばかりやないの。膀胱炎とちゃう？」

「きゃあ、もっと手を振って」

「あたしだけを見て」

「我慢できへん。トイレ、行くわ。ドアを出て右側やったな」

さまざまな、じつにさまざまな声援（と呼んでいいかどうか、迷うところではあるが）が飛び交い、ぶつかりあい。わんわん響いてくる。鼓膜が震えていると実感できるほどだ。大丈夫か、ぼくの鼓膜？　これほどの過重労働に耐えきれるのか。

「さあ、やろう。おれたちロミジュリのワンマンショーの始まりや」

秋本が再びぼくの腕をむんずと摑んだ。

すごい力だ。ぼくは、踏ん張ったけれど何程の抗(あらが)いにもならなかった。舞台の中央に向かって、ずるずると引きずられていく。

やだ。こんな格好でブロードウェイで漫才するなんて、やだようっ。こんなの聞いてないようっ。

助けて、誰か助けてえっ。

ああああ、スポットライト、当てないでくれえっ。

あああああっ。


目が覚めた。

天井が見えた。

ブロードウェイのホールの……ではない。自分の部屋の天井だ。湊市に越してきてから住んでいる2LDKの一室の、見慣れた上にも見慣れた天井だった。

このマンションに入居したときから、いや、そのずっと前から、ぼくは天井を見上げるのが好きだった。ベッドに寝転んで、ぼんやりと眺める。そこに、何があるわけでもない。何かを見つけたいとか、探りたいとかそんな意図的なものではなく、本当にただ漫然と見詰めているだけだ。

「歩くんは、のんびりやさんだね」

と、幼いころよく評された。〝のんびりやさん〟の中には、大らかだとか落ち着いているとかの肯定面も含まれている。でも、

「瀬田くんは、集中力にやや欠けるかもしれませんね。それと全般に、あまり意欲的ではないのが気にかかります」

と、十代に入ったころから否定面を強調されることが多くなった。

それは間違っていない。

ぼくは集中して物事に没頭する経験に乏しい。目的を定めて一心に努力するタイプでもない。そもそも、全身全霊をかけて打ち込む何物も持ってはいなかった。

とりあえずと、大人は言う。

とりあえず今、やること、やれること、やりたいことを見つけなさいと。それは、きっと具体的な目標を決めろということだろう。手を伸ばせば届く範囲で、現実的な具体目標を決める。

たとえば、進学先を決める。たとえば、所属する部を決める。目の前に目標を設定

して、そこに向かってとりあえず努力する。

それも間違ってはいない。

ただ、ぼくはどうしても立ち止まってしまう。とりあえずの呼吸がなかなか呑み込めない。

これは本当にやりたいことなのかな？　やっていいことなのかな？　あるいは、ぼくにやれるのだろうかと考え、不安になり、躊躇って足踏みしてしまうのだ。そして、つい、ぼんやりしてしまう。頭も心もくるくると動き続けて息切れしてしまう。でも傍からは、ただあらぬ方向を虚ろに見ているとしか思えない。思えなくて当然なのだけれど。

必死になった時期もあった。

みんなと同じでなくちゃ。周りに合わせなくちゃ。大多数から外れないようにしなくちゃ。

そう、ぼくはぼくなりに必死だった。

未来を見据えながら今やるべきことを把握し、しゃきしゃきと動く。行動的で協調性に富み、決断力に優れている。付け加えられるなら、明るく楽しく、社交的で陽の気質を持つ。

それは、とうてい手の届かない理想像だったが、だからこそ一歩でも二歩でも近づきたかった。近づこうと必死だったのだ。余計なことを考えずに頑張ろうとした。立ち止まりそうになる足を懸命に動かした。

ぼんやりは封印だ。

何となくも禁止だ。

ベッドに寝転んでぼんやり天井を見上げるのも、教室の窓から外を何となく眺めるのも、もう止めよう。

何のためにもならない、何にも生み出さない時間はもったいない、の一言に尽きる。無駄にしかならないのなら、きっぱり捨ててしまおう。それが正解だ。だから、がんばれ。がんばれ。がんばれ。

そんな風に自分を自分で叱咤（しった）激励し続けた時期があったのだ。

結果は、息切れは限界値を超えて、立ち止まるどころかぼくはしゃがみ込んでしまった。

たまに、市民マラソンの中継をテレビでみていると、途中で棄権して車に乗せられたり、沿道に座り込んだりしているランナーがいる。たいてい、ちらっと映っただけで画面は切り替わってしまうのだが、ぼくは妙に気になってしまう。誰より先にゴールテープを切る優勝者の気持ちなんて捉えようもないが、途中棄権でしゃがみ込んだ選手にになら、少しは心を馳せられる。自分のペースを摑み切れず、走り切れなかった人についつい自分を重ねてしまうのだ。

いろんなことがあった。

なんて言うと、おまえ幾つだよ。いろんなことがあるのはこれからだぞと、嗤われるかもしれない。でも、僅か十数年の人生にだっていろんなことはある。八歳の小学生だって、三歳の保育園児だっていろんなことがあるんだ。

ともかく、ぼくはいろんなことを乗り越えて、いや、乗り越えられないものもたくさん抱えて、この湊市にやってきた。そして、秋本貴史と出逢った。

秋本のことはおいておく。というか、横に回して、箱詰めして、さらに鉛の箱に仕舞い込んで、上から極太のロープでぐるぐる巻きにして、重石を付けて海に放り込んでおこう。ここまですれば、如何な秋本といえども二度と戻ってはこられまい。むふふふ。

秋本のことはおいておく。

出逢ったのは秋本だけではないのだ。森口にも高原にも篠原にも蓮田にも、そして……そして、萩本にも出逢ったのだ。お好み焼き屋『おたやん』(秋本の実家なのが口惜しい）にも、『おたやん』のとびっきり美味いお好み焼き（ぼくは、やはりミックスが一番好きだ）にも、『おたやん』で森口や高原や篠原や蓮田、そして萩本（秋本は箱詰めになって海の底だから数に入れない）とわいわい過ごす時間とも出逢った。本気でしゃべり本気で聴いてもらえる機会にも、周りに合わそうと足搔かなくてもいい日々とも、ぼんやりを解き放てる、何となくも解禁できる自分とも出逢えた。湊市に引っ越してきた経緯は重くて惨いものだけれど、湊市で出逢った人や出来事にぼくは素直に感謝する。

この春、ぼくは高校生になった。

湊第一高校の生徒だ。森口や高原、萩本とも一緒だ。少なくともあと三年は湊市で暮らす。その後は、わからない。わからないことに不安は感じなかった。三年後、明確な目標がなくても、ぼくはとりあえず一歩を踏み出すだろう。何となく前に進んでいくだろう。

本物のとりあえずも何となくも、微かに優しさを含んでいる。

いいんだよ、気持ちを緩めていいんだよ。

そう語りかけてくれる優しさだ。その場しのぎの、いいかげんな言葉ではなかった。そのことも、ぼくはこの街で知ったのだ。

ベッドから下りて、窓を開ける。

今年は思いの外早く、梅雨が明けた。全国的な傾向で、湊市を含む地域では観測史上二番目の早さだったらしい。これも異常気象の一つかもしれないと、気象予報士の女性が表情を曇らせていた。その表情とはうらはらに、一週間の予報画面には、ずらりとお日さまマークが並んでいた。

梅雨明け宣言と同時に雨が続くなんて皮肉な現象も起こらず、七月最初の日である今朝も、予報通り見事に晴れ上がっている。空気はまだ辛うじて朝方の涼やかさを保っているけれど、直に日差しに熱されてしまうだろう。

風が吹き込んできた。

首筋から背中にかけてひやりと冷たい。それで、ぼくは寝汗をかいていたと気が付いた。

そりゃあ、あんな夢を見たんだから汗もかくだろう。冷や汗、脂汗の類だ。間違っても、運動後の爽やかなものじゃない。

あんな夢を……。

大きく息を吐き出す。網戸だけ閉めて、今度は三回、深呼吸を繰り返した。それから、着替えを始める。ベッド脇に置いた目覚まし時計は、七時十分を示している。いつもより十五分も寝坊していた。急いだほうがいい。

どうして、あんな夢を見たんだろう。

制服の半そでシャツを着込みながら、考える。

よりによって、ブロードウェイで漫才をする夢だなんて、あまりに不吉過ぎる。悪夢だ。凶夢だ。冗談でなく、お祓いを受けた方がいいかもしれない。観客はみんなおばさん……じゃなくて、中年以上のご婦人方。しかも、衣装はむちゃくちゃに派手な羞恥の極み、ベタベタのアメリカンスタイル。その上、やたらハイテンションの秋本。魔の三点セットだ。呪いと怨念と恐怖がタイムサービスの特選三色丼よろしく、てんこ盛りになっている。

ぞわわわわ。

鳥肌が立ち、もう少しで学校指定のネクタイで自分の首を絞めそうになった。

高校生の変死体発見。

高一男子に、いったい何が？

二つばかり、ニュースの見出しが浮かんだ。二つとも頭から振りはらう。夢は夢だ。ただの夢だ。現実に何も及ぼさない。

だいたい、二階席をおばさんたちが占領しているブロードウェイのホールなんてあるか？　あるわけがない。まるで、どこかの健康ランドじゃないか。

　うん？　待てよ。

　ボタンを留めていた手が止まる。

　あれが、アメリカはマンハッタンのブロードウェイだとどうして言い切れる。秋本はそんなこと一言も口にしなかったぞ。岐阜県と鹿児島県ではないと言っただけだ。そうだ、もしかしたら、奈良県か福島県かはたまた北海道のどこかにある健康ランド『ブロードウェイ』かもしれない。そんな名前のパチンコ屋が湊駅西口にあったはずだ。パチンコ屋があるんだから健康ランドがあっても不思議じゃないだろう。なくても不思議じゃないけど。

　そうだ、知り合いのおばさんたちがあれほど大挙して押しかけてきたということは、ホールが湊市からさほど遠くないところにあると推理できる。とすれば、この一件は……。考えていてアホらしくなった。

　考えてしまった自分のアホさ加減にうんざりする。夢であっても、秋本絡みだと、こうまで思考回路が緩んでしまう。まったくもって受け入れ難い。

　ぼくは決して思慮深くもないし、理知的とも言い難い。でも、人の思考の範疇で思い考えることはできると信じている。常識を踏み外さず、節度を守るのが、ぼくの生き方なのだ。それなのに、朝っぱらから『ブロードウェイ』という名の健康ランドについて考えを巡らせているなんて、アホの三段重ねだ。三色丼より質が悪い。う、だんだん自分でも何を言ってるのかわけがわからなくなったぞ。

戻れ、歩。現実に戻ってこい。しっかり足を踏みしめて、地道に生きる日々こそがおまえの世界なのだ。

スマホが鳴った。

心臓が縮み上がる。

どうした、スマホ？　どうして、こんな時刻から働いている？　おまえの出勤時間は概ね八時前後だぞ。まだ、三十分以上、あるぞ。

スマホは鳴り続け、ぼくを急かせる。

秋本？

鼓動が勢いを増した。

もしかしたら、秋本が空港から連絡してきたんじゃないだろうか。

「あゆむ〜。日本に帰ってきたぞ。元気やったか」

なんて声が耳に飛び込んでくるんじゃないか。

「おーい、あゆむ〜。聞こえてるか」

「秋本、名前を伸ばすな。じゃあな、ばい」

「あっ、待て。待てったら。何で切るんや。おれ、アメリカからやっと帰ってきたんやぞ。嬉しいやろ。泣くほど嬉しいよな。アメリカ土産もあるからな。すげえぞ、アメリカンスタイル一式セット。マントが星条旗でTシャツに自由の女神が」

このあたりでスマホを切り、着信拒否設定にする。お経か、「主よ我を守り給え」と祈りの文句を唱え、部屋を出ていく。

うん、我ながら完璧なシミュレーションだ。

ぼくは気息を整え、スマホを取り上げた。

「うわっ」

悲鳴を上げていた。

メグ。

画面にその二文字が浮かんでいたのだ。浮かんできらきら輝いていた。萩本だ。萩本恵菜だ。萩本から電話がかかってきた。しかも、スマホに。ぼく個人のスマホに。LINEじゃなくて、直接かかってきた。

「も、もしもし、もし」

落ち着け、歩。「もし」が一つ多いぞ。ああ、でも♪もしもしカメよ、カメさんよ。

なんて歌い出さなくてよかった。危なかった。

「あ、瀬田くん」

間違いなく萩本の、メグの声だ。決して、秋本が物真似している声じゃない。歩、だから落ち着くんだ。秋本、関係ないから。

「ごめんな、朝から。もう、起きてた？」

「とっくに。いつもより早めに目が覚めちゃって、そろそろ家を出ようかななんて考えてたとこ」

小さな嘘をつく。嘘をついても胸は痛まなかった。

「あ、ほんまに。よかった」

ほっ。

柔らかな吐息が伝わってくる。耳朶（みみたぶ）に触れた気がした。

「あのな、瀬田くん」

「うん」

「ちょっと話したいこと、あるの。これから」

そこでまた一息吐いて、メグは続けた。

「逢（お）うてくれへん」

逢(あ)います。何があっても逢います。今、このとき、足元の床が抜けたとしても（マンションの床が抜けたりしたら、大惨事なんだけど）、逢いにいきます。

ぼくはメグが好きだ。

メグは美少女だ。中学の時から人目を引くほど愛らしかった。でもこのところ愛らしい少女から美しい女性へと、変わりつつある。少なくともぼくの目にはそう映った。最初、ぼくはメグの外見、輝いて見えるほどの愛らしさに惹(ひ)かれた。本当に光に包まれているような錯覚に陥ったほどだ。今でも、〝綺麗(きれい)だなあ〟と見惚(みと)れることは度々ある。だけど、今はメグの内側にあるものの方が、外見よりもずっと魅力的だとわかっている。

真っ直ぐで、おっちょこちょいで、早とちりで強情なのに泣き虫で、優しい。せっかちなくせに、本気でしゃべろうとする相手がもたついて暫(しばら)く黙り込んでも、待ち続けられる。

魅力が制服を着て歩いているほど、魅力的だ。

ただ一つの欠点というか、致命的な欠陥というか、救いようのない絶望というか、あまりに理不尽な現実というか……、要するに萩本恵菜は秋本に恋をしている。一途(いちず)に想い続けている。

こんな事実を許していいのだろうか。

秋本のような下駄に目鼻をくっつけたような男（しかも、かなりぞんざいに）に、いいかげんで、ちゃらんぽらんで、出たとこ勝負で、「まっ、ええがな、ええがな」で何でも済ましてしまうような男に、きらきら輝く美少女が恋をしているんだなんて。

しかも、当の秋本は「（メグは）ただの幼友だち。幼稚園からの長いおつきあいなんや」とさらっと言うのだ。ただの幼友だちであって、恋愛の対象ではないと。

この発言、なぜ罪に問われないのだ。すぐさま、秋本を捕らえ、市中引き回しのうえ、磔にすべきではないか。

秋本、覚悟しろ。

泣いても喚いても遅いからな。不適切発言により、磔だ。ふふふ、せめて最期は潔く散れ。何なら、おれが槍でぶすりと……。

「瀬田くん」

メグの声が少し強くなる。

「どないしたん。急に黙り込んで」

「え？　あ、ごめん。ちょっと……」

「また、へんてこな妄想してたんと違う？」

「何だよ。へんてこな妄想って」

「何かわからへんけど、そんな気がした」

「気がしただけかよ。それ、濡れ衣ってやつだぞ」

「ふふっ、そうかなあ」

「そうさ、森口じゃあるまいし、朝っぱらから妄想なんてするわけないだろ。おれ、現実主義者なんだ」

「えー、そうかな。瀬田くん、かなり現実離れしたとこあるよ。そこが瀬田くんの魅力やないの」

「は？」

ぼくの魅力？

胸が高鳴った。

メグは、ぼくの魅力を摑んでくれているのだろうか。ぼく自身さえ見えていないものを捉えてくれているのだろうか。

うん？　ちょっと待てよ。手放しで喜んでいいのか？　現実離れしたところってどういう意味だ？

現実離れしている＝魅力。

はたして、この法則は成り立つのか？

「じゃあ、校門のところで待ってるから」

「あ、うん」

「また後でな、瀬田くん」

「うん、またな」

スマホの画面を見詰め、ぼくは息を吐き出した。

朝からメグと話ができた。

校門の前で待ち合わせる約束ができた。

網戸を通して、空を見る。

夏の青が目に染みた。心地よく染みた。染みて青い流れとなり、ぼくの内からわだかまりも澱（おり）も押し流してくれると感じた。我ながら現金だとおかしいけれど、事実だからしかたない。

寝汗をかくほど不快、不吉、不安な夢が流されていく。遥（はる）か大海へと消えていく。

さようなら、悪夢。

さようなら、ブロードウェイ（どこかの健康ランド）。

さようなら、ベタベタのアメリカンスタイル。

さようなら、おばさんたち。

そして、さようなら、さようなら、さようなら秋本。

どこまでも、どこまでも流れていけ。

「ひええ、そんな殺生な。あゆむ〜」

巨大なお椀に乗って、髷を結った秋本（爆笑ものだ）が遠ざかっていく。どんぶらこ、どんぶらこと流れて、ついには見えなくなった。かなりの急流だから、大海に辿り着くまでにひっくり返るかもしれない。だいたいお椀で川を下るのは、無理があるもんな。

さようなら、秋本。名前を伸ばすなよな。

ぼくは口笛を吹きながら制服を着込み、部屋のドアを開けた。朝食をとり、出かける前に丁寧に歯磨きをして外に出る。

蟬が鳴いていた。

暑い。でも、爽快だ。

空の青さにも、蟬の声にも、さっき食べたチーズトーストの味にも心が躍る。一日の始まりのとき、気持ちがわくわく高揚しているなんて、幸せなことだ。

ほんとうにきれいさっぱり、夢のことは忘れていた。

# 2　油断大敵は金言だった

「夢を見たんよ」

メグが言った。

ぼくは、軽く息を吸い込んだ。

焼きたてのパンの匂いが鼻孔に滑り込んでくる。そんなにお腹が空いているわけじゃないのに、唾が湧いてきた。

湊第一高校の前、道路を挟んで向かい側にある『ベーカリーイナヅマ』から漂ってくるのだ。

毎年恒例の『入学おめでとうセール　湊一高新入生に限り、店内のパン三割引　四月三十一日まで』の真っ最中だった。

『ベーカリーイナヅマ』は、高校の購買にもパンを卸していて、それも新入生に限定して三割引だ。三割引だと、大抵のパンが百円ちょっとで手に入る。

この時期、「お願いします。おれを新入生だと思ってください」と購買のおばさんに泣きつく二、三年生が続出すると聞いたが、さもありなんと納得する。

いい匂いだ。

パンを食べられる幸福をしみじみと感じさせてくれる。

が、今はパンではない。夢だ。また、夢だ。せっかくきれいさっぱり忘れていたというのに、再び出戻ってきたか、夢め。

いや、しかしとぼくは気を取り直す。

夢＝秋本。

こんな法則が成り立つはずがない。

夢なんて千差万別、百人百色、非常に個人的なものなのだ。

もう一度、息を吸う。

風向きが変わったのか、焼き立てパンの匂いはさっきより、かなり薄れている。幸せな気分が少しばかり萎んでしまう。

ぼくたち、ぼくとメグは一年生の教室が並ぶ南館一階の昇降口に立っていた。校門で逢い、パンの匂いに包まれてここまでぶらぶら歩いてきたのだ。

メグは長い髪を一つに束ね、後頭部の高い位置から垂らしていた。ポニーテールと呼ばれる髪形だ。

よく似合っている。夏の制服も、よく似合っている。

生命力。

メグといると感じる。生きるための力、生きるために自分を肯定する力、他人と結びついていく力……温かくて、強くて、雄々しい力を感じるのだ。

そのメグの表情がさえない。曇っている。心なし、頰のあたりが強張っているようにも見える。

ぼくはメグに向かってほんの僅か屈みこむ。この二、三ヵ月で背が伸びた。自分でもわかるぐらいだ。

「歩、成長期が人よりちょっと遅れてきたんじゃないか」

数日前、伯父さん（母さんの兄にあたる）に言われた。並ぶと、ぼくの方が伯父さんよりほんのちょっぴりだが高かったのだ。「高一で成長期ってどうなのかな」と苦笑して見せたけれど、内心は嬉しかった。

背が伸びたぐらいで何が変わるわけでもない。よくわかっている。それでも守れるような気がした。守るための力を少しずつ獲得しているように思えた。

ぼくは守りたいのだ。

大切な人を、大切な相手を守りたい。

さえない表情のメグを見下ろし、尋ねる。

「夢って、不吉な夢か。底無しの穴に落ちるとか、鵺(ぬえ)に追いかけられるとか……みたいな」

「ぬえって、何？」

「伝説の生き物だけど。えっと、確か頭は猿で、胴が狸で尻尾(しっぽ)が蛇って姿をしてるんじゃなかったかな」

暫(しばら)く黙り、メグは「すさまじいね」と呟(つぶや)いた。

「すごい珍獣やない。動物園にいたら、パンダ以上の人気者になれるんとちがう」

「いや……珍獣じゃなくて、化け物だと思う……。あくまで架空の」

「ほな、動物園は無理やね」

「無理だろうな。餌とかわかんないし」

「貴ちゃんの夢、見た」

唐突に告げられた。

メグ、不意打ちなんてずるいぞ。構える暇もないじゃないか。ぼくは反射的に息を吸い込み、その息が喉(のど)を刺激したのかごほごほと咳(せ)き込んでしまった。

みっともない。

「……瀬田くんて、いつも、貴ちゃんの名前には過剰に反応するね」

「いや、今のは……呼吸が乱れただけだから」

「汗も出てる。鼻の先」

「え？」

鼻を触ると、確かに湿っぽい。

「夏だし、暑いから、誰だって汗ぐらいは……」

「瀬田くん、今でも貴ちゃんのこと好きなんやね」

これがドラマか漫画かコントなら、ぼくはメグに向かって飲みかけのコーヒーなんかを思いっきり噴きかける、そんなシーンになっていたはずだ。が、実際には「はあぁ？」と奇妙に引き攣れた掠れ声を出しただけだった。ぼくはコーヒーを飲んでなかったし、飲んでいたとしても無理やり呑み込んだはずだ。

「ええよ、隠さんでも、瀬田くん見てたらわかるもの」

はあぁ？　待て、待て、待てよ、メグ。どこを見たんだ。明らかに間違ってるぞ。

視力、落ちてるのか。眼鏡、かけた方がいいかも。眼鏡も案外似合っていて……。

眼鏡はどうでもいい。そんなものはどうでもいい。

「萩本、冷静に考えろ。どうして、おれが秋本を好きにならなくちゃならない？」

「じゃあ、瀬田くんは貴ちゃんが嫌いなん？」

メグが首を傾げる。

大きな瞳がぼくに向けられ、微動もしない。

「嫌い……じゃないけど……」

嫌いではない。

秋本のおかげで救われたことがたくさんある。秋本に支えられたことも、励まされたことも、新しい世界を示してもらったこともある。たくさんある。

感謝している。奇跡のように出逢えてよかったとも、思う。

もし秋本と出逢っていなかったら……。ぼくはどうなっていただろう。どうしていただろう。

ときたま考える。

人という生き物のおもしろさに気が付かないままだったろうか。思いっきり笑う爽快さから目を背けていただろうか。

わからない。〝もし……たら〟に幾ら思いを巡らせても、しょうがない。わからないことはわからないままだ。

でも、秋本と出逢った事実は揺るがない。秋本に出逢って、ぼくは人のおもしろさに気付いた。思いっきり笑う爽快さを味わった。それが、ぼくの現実だ。それもまた、揺るがない。

「嫌いじゃないってのは、好きってことやないの」

メグが畳みかけてくる。

「そりゃあないだろう。嫌いじゃない＝好きという法則は、成り立たない。あまりに大雑把すぎる」

「何でよ」

メグが顎を上げる。口を一文字に結ぶ。眉をきりりと吊り上げる。

う……何なんだ、この戦闘モードは。電話してきて、「話があるから逢いたい」なんて言って、校門で待ち合わせの約束をして、それで戦闘モード？　あり得ないだろう。あまりに理不尽だ。

「ごめん」

メグが目を伏せる。睫毛が影を落とし、戦闘的美少女は瞬く間に憂いさえ感じさせる佳人に変わる。

こういうのも、ずるいぞ。

文句も反論も言えないじゃないか。

「ごめん。これ、言い掛かりってやつよな。何か、瀬田くんといたら、つい……困らせたくなってしもうて……。どうしてなんかな」

メグはここでため息を吐いた。

「それはカンペキ、ライバル意識やね」

横合いから突然に声がした。

「きゃっ」

「うわっ」

ぼくたちは同時に顔を横に向け、少し時間差をつけて叫んだ。

「京美(ことみ)！ あ、高原くん」

「森口！ あ、高原」

「はい、おはようさん」

森口京美がにやりと笑いながら手を上げた。不気味だ。

「おはよう。瀬田も萩本も朝っぱらからどうした？」

高原有一(ゆういち)が、こちらは爽(さわ)やかそのものの笑顔で立っている。高原は中学時代から神童の誉れ高く（我ながら、表現が古臭すぎるか）、県内、いや、全国トップレベルの進学校にだって余裕の合格圏内という頭脳の持ち主だ。が、高原はぼくたちと同じ地元の高校、ここ湊第一高校に進んだ。正確には〝ぼくたち〟ではなく〝森口京美〟と同じ高校を選んだ。自分の意志で。

そう、高原は森口に惚れているのだ。ぞっこんなのだ。恋しているのだ。もう。本当にとことん好きなのだ。森口のいない日々なんて考えられなくて、迷うことなく（本人のことは本人しかわからないけれど、高原に迷いがなかったと九割三分の確率で言い切れる）進学先を決めた。当然、親との間にあれこれ、かなりの数のバトルが勃発した。高原は親子間戦闘について多くを語らなかったが、ちょっとげんなりした顔つきにはなっていた。

今は、すっきりである。朝日を浴びて、煌いている。青い空を背景にはためく洗濯物みたいだ（テレビのコマーシャル映像に毒され過ぎだろうか）。

まあ、そうだろうな。

二人してここにいるってことは、バス停かどこかで待ち合わせて、仲良くカップル登校してきたってことだもんな。そんなの一目瞭然、明明白白、灼然炳乎だ。ふふん、「いやあ偶然、校門の前であって」「そうなんよ。たまたま、ばったり。朝からびっくりやわ」なんて、下手な誤魔化しするなよ。ちゃーんと、お見通しなんだからな。ふふふ。ぼくのこの鋭い眼力の前にひれ伏すがいい。

「あいかわらず仲がええね。二人で登校デートやなんて」

メグもにやりと笑い返す。ちっとも不気味じゃない。

「まあね。毎朝、バス停で待ち合わせしてんの」

森口がこともなげに言う。誤魔化す気などさらさらないようだ。

「羨ましいなあ」

「へへ。まあ、一日の始まりのプチ・イベントってとこかな」

森口、少しは恥じらいの心を持て。奥ゆかしい、楚々とした日本女性の魂を呼び起こせ。若い娘が若い男と毎朝待ち合わせして、いちゃいちゃ登校してくるとは何事だ。けしからん。実に、けしからん。学校を何と心得ておる。学びの場であるぞ。学問に励み、研鑽を積み、自己の鍛錬をする所なのだ。それを毎朝、バス停だと？　プチ・イベントだと？　何だその堂々とした宣言は。嘆かわしいにもほどがある。校長は、教育委員会は、文部科学省はどういう指導をしておるのだ。今から、抗議の電話をしてやる。

「瀬田くん、どないしたん」

「うん？」

「なんや、ちょう時代遅れの、こちこち頭の、やたら空威張りばっかしてる説教好き、かつ、クレイマーに近いおじさんっぽい顔つきになってるよ」

「……ずい分と具体的な譬えだな」

「だって、そんな風に見えるんやもの」

森口が首を傾げる。

ちょっとかわいい。天然カールの癖毛をショートカットにした髪形が、引き締まった中性的な顔立ちによく似合っている。黒目勝ちな大きな目はほとんど曇ることがない。高原に言わせると「愛らしい子猫」みたいに、ぼくが思うに「獲物を嗅ぎ当てた猟犬」みたいにきらきらしている（ぼく的には、ぎらぎらと濁点を付けたい）。

性格もさっぱりして、頭の回転も速い。涙もろくて優しいけれど、心根はかなり強靭でそう容易くは折れも曲がりもしない。要するになかなか魅力的な少女ではある。だから、まあ高原がぞっこんなのもわかるっちゃあわかるのだ。ぼくだって、決して理解不能なわけじゃない。しかし、ぼくなら森口に惚れたりしない。恋なんて、絶対の絶対の絶対の絶対の絶対、しない。

森口京美には致命的な欠点がある。まだ、お尻に牛の尻尾が生えている方がマシなほどの欠点だ。

森口は妄想少女だった。

中学で文芸部部長を務め、高校でも文芸部員だ。将来の目標は、ずばり作家で、〝愛と恋とエロに満ちたファンタジー冒険小説〟を出版するのが夢なんだとか。森口の文才がどれほどのものなのか判断できない。物語を書くのが三度の飯より好きと言い切れるわけだから、そこそこ以上の才能があるのかもしれないとは思う。しかし、夢は叶わないだろう。どれほどの才能があっても、〝愛と恋とエロに満ちたファンタジー冒険小説〟は無理だろう。まったくもって無謀、かつ、無意味な挑戦だと忠告しておく。

森口には作家志望のまま、もっと現実的な目標設定を薦めたい。そして、やたら傍迷惑な妄想癖を徹底的に直してもらいたい。頼むから直してくれ。それさえなければ、おまえはほんとにいいやつなんだから。それさえなければ……。

「秋本って、ほんま、すごいやつやね」

森口が口を窄め、息を吐いた。

嫌な予感がする。動悸が強くなる。不安が募る。

「遠いアメリカにいるはずやのに、こうして二人の諍いの原因になるなんて。影響力、強過ぎるわ」

「おれたち諍いなんてしてないぞ」

ぼくは即座に異議申し立てをした。森口の妄想が暴走するのを防ぐには先手必勝、果敢な攻撃しかない。

「メグ、謝ってたやないの。謝ってたってことは、その前に諍いなり、闘いがあったってことやろ。死闘やわ。秋本を挟んでの三角関係。それに耐えきれずメグは、瀬田くんと決着をつけようとしたんやね。命懸けで闘いに臨んだ」

森口、妄想が走り出そうとしているぞ。ブレーキかけろ。止まれ。高原も笑って見てないで、何とかしろ。

「闘いやないの。うちが、ちょっと……、瀬田くんに当たり散らしただけ……」

メグが肩を竦める。

妄想少女とはまるで違う、可憐さだ。見習え、森口。

「だから、それがライバル意識やないの。秋本がいないのに、ううん、いないからこそ、恋敵への嫉妬、憎しみが増すわけよ。メグはそれでも自分の劣情を恥じて、理性で抑え込もうとした。日々、葛藤やね。瀬田くんの顔を見る度に頭をもたげる嫉妬や憎しみ、苦しみに、耐えきれなくなった少女はついに、ライバルである美少年を呼び出し、思いの丈を告げようとした。そうやろ？」

「違う」

見事なほど、きっぱりとメグが否定する。

森口の黒目がくるんと動いた。

「え、違うん？」

「まるで違うわ」

「そうか……ええっ、ほんなら、呼び出したのは瀬田くん？　うわぁ、そうなんやね。瀬田くんが『おれはこれ以上、こんな不安定な気持ちには耐えられない。萩本、いいかげん終わりにしよう』て言うてきて、それにメグが応じたわけや。『わかったわ。わたしも決着のときが近いと思ってたの。瀬田くん、勝っても負けても恨みっこ無しよ』『もちろんだ。おれはおれの恋にかけて、正々堂々と闘うことを誓う』『わたしもよ。青春の全てをかけて闘い抜くことを誓います』なんて、やりとりが二人の間であったんやね」

森口、ここは甲子園か。おれたちは選手宣誓してるのか。何を正々堂々と誓わなきゃならないんだ。いいかげんにしろよ。

「なかった」

これまた、メグがぴしゃりと否定する。

さすがだ。さすがに、暴走妄想少女の扱い方を心得ている。

「違うの……」

それとわかるほど、森口が萎(しお)れていく。萎れろ、枯れろ。妄想の根っこを全て断ち切れ。

「それやったら、もしかして」

萎れたはずの森口がまた首をもたげる。こいつの妄想は尽きることがないのか。

「けど、萩本、瀬田に謝ってたよな」

そこで、やっと高原が口を挟んできた。

遅いぞ。何を臆(おく)していた、高原。

ぼくの非難めいた眼差(まなざ)しをするりと受け流し、高原は続けた。

「瀬田に当たり散らしたと萩本が感じたから、謝った。そうやな」

「うん」

メグが頷(うなず)く。

「萩本が誰かに八つ当たりするなんて、珍しいやないか。何でや?」

高原の口調は静かで、落ち着いていて、降り注ぐ陽の暑ささえ払拭(ふっしょく)するようだった。

妄想の後のこの冷静。砂漠でオアシスに巡り合った心持がする。ああ、甘露だ。

「うち……瀬田くんの気持ちが知りたかったん。どうしても、知りたくなって……」

「瀬田の気持ちってのは、瀬田が秋本をどう想うてるかってことか」

「うん……。そう」

「ちょっ、ちょっと待て。何でそこに秋本が出てくる。おれ、秋本のことなんかどーでもいいし」

「ほんまに」

森口とメグの声が重なった。〇・一秒のずれもない。

「ほんまに、どーでもええの」

と、これは森口。

「瀬田くん、さっき、貴ちゃんのこと嫌いじゃないと言うたよね」

と、こっちはメグ。

「言ったさ。でも、嫌いじゃない＝好きの法則は成り立たないとも、言ったはずだ」

森口を無視して、メグにだけ答える。

「ほんまに、好きやないの。貴ちゃんがおらんで淋しくない？」

メグが詰め寄ってくる。

ああ、本気で惹かれている相手にその相手が本気で恋している相手を好きなのかと詰め寄られるぼくって、どうなんだ。ものすごく、複雑な心境だ。複雑で情けない。

秋本貴史。

まったく、どこまでも迷惑な男だ。あんな迷惑男、いなくなってせいせいする。できれば、太陽系外の惑星まで引っ越していってもらいたいぐらいだ。

淋しい？　へ、ちゃんちゃらおかしいや。淋しさなんて。オタマジャクシの尻尾ほどもないぜ……。

そうだろうか。

ぼくは息を詰める。たった一度だけれど、心臓が大きく鳴る。

どくん。

淋しくはなかっただろうか。

秋本はあっさり、あっけなくぼくの前から消えてしまった。ろくな別れの言葉も残さず、アメリカなんて国に行ってしまった。

淋しくはなかっただろうか。

秋本のいない日々は、少しくすんではいなかったか。重荷がなくなった爽快感（そうかいかん）より、自分のピースの一つが欠落したみたいな感覚の方がより濃くはなかったか。

メグと視線が絡む。

ぼくは、我知らず唇を結んでいた。

「好きといっても、いろいろあるしな。瀬田と秋本は稀有(けう)の漫才コンビなんやから、やっぱり仲間意識とか、コンビ愛とかあって当たり前やないのかな」

高原が助け船を出してくれる。

助け船のつもりなんだろうが、ただの泥舟になってるぞ、高原。稀有の漫才コンビとか言うな。コンビ愛なんて、おれオタマジャクシの尻尾(しっぽ)ほども……。

「うちは淋しい」

メグが俯(うつむ)き、呟(つぶや)いた。

「貴ちゃんがいなくなって、淋しい。泣けるぐらい淋しい。貴ちゃん、手紙とかメールとか全然くれへんし……。もう、日本のことも湊市のことも……うちのこともうちらのことも、忘れてるんやないかと思うたりする」

「だって、それはしかたないだろ。ほら、秋本、親父さんが病気で手術とかしなくちゃならなくて、それで渡米したわけだから、いろいろあってむちゃくちゃ忙しいんだと思う。言葉だって通じないし、生活だって全然違っちゃうわけで」

「そんなことわかってる」

ぼくのしゃべりを遮って、メグが叫んだ。

「うちだって、ようわかってる。一番大変なんは貴ちゃんなんやって、わかってる。けど、けど……お父さんの手術、上手くいったんやろ。校長先生が教えてくれたやない。手術は成功したって」

「うん。教えてくれたな」


我らが高校の校長、佐伯豚子……じゃなくて、佐伯琢子（この名を、さえきあやこと一発で読める者がいるだろうか。高原でさえ、さえきたくこ　と読み違えたのだ）先生と秋本の親父さんは兄妹なのだ。秋本の親父さんと有紗さん（お好み焼き屋『おたやん』の主人、つまり、秋本のおふくろさん）は、親父さんの暴力がもとで離婚した。秋本がまだオムツをつけて、よちよち歩いていたころらしい（あいつにそんなかわいい時代があったなんて、信じ難い）。その親父さんが、成功率二十パーセントの手術を受けるにあたり、生きている間に有紗さんと秋本に謝りたいと伝えてきたのだ。伝えられて秋本が何を考え、有紗さんがどう感じたか、ぼくには見当もつかない。秋本は多くを語らなかったし、『おたやん』も休業はしているけれど店仕舞いをしたわけではない。

「兄の手術、上手くいったの。元通りの元気な身体に戻れるかどうかはわからないけど、ひとまず、安心。義姉さん（有紗さんのことだ）がずっと付き添ってくれていて……本当に、ありがたいわ」

佐伯校長はぼくと萩本と高原と森口を理科室の人体解剖図の前に呼び出して、告げた。ぼくたちは心底から安堵し、喜んだ。秋本の親父さんとは一面識もなかったけれど、誰であろうと命の針は死より生の方向に触れるのがいいに決まっている。

それに、父親の最期を看取るなんて沈痛な役（別に役じゃないだろうが）、秋本には似合わない。まったくもって、似合わない。厳冬の富士山に登頂したら日光浴中の半裸の美女から「ハーイ、アユム」と挨拶されたぐらいの違和感がある。不適切な譬えで、すみません。

「よかったです」

森口がほうっと息を吐き出したのを覚えている。メグが、

「ほんまや。早う、友ちゃん（篠原友美のことだ。隣市の高校の音楽科に進学した）や蓮田くん（蓮田伸彦。サッカー大好き男で、やはり隣市の商業高校のサッカー部に所属している。蛇足だが、蓮田は篠原にこれまた恋していて、毎朝、同じ電車に乗り合わせて楽しい楽しい通学タイムを満喫しているらしい。『おれって、けっこう幸せかもな』なんて、あほらしいメールがきていた。知るかよって返信した）にも知らせ

なあかんわ」

と、スマホを取り出したのも、高原がガッツポーズをしたのも覚えている。ぼくと佐伯校長が、

「先生、質問があります」

「はい、瀬田くん、どうぞ。でも、兄の術後の経過についてはまだ詳しく説明できないところがあるんよね」

「いえ、秋本の親父さんについてではなくて、あの、どうしてここなんですか」

「え？」

「校長室とか応接室ではなくて、理科室のしかも人体解剖図の前に呼ばれたというのが、気になってしまって」

「そう？　理科室っていえば、ぴんとくるのは人体解剖図でしょう」

「はあ……。そもそも、理科室というのがぴんとこないんですが」

「瀬田くん、理科室が嫌いなんかしら」

「先生は好きなんですか」

「どっちかと言えばやけど、好きな方かしらね。昔から、ホルマリンの匂いは好きやったのよ。瀬田くんは？」

「ぼくは、薬品の臭いは全般的に駄目です」

と、あまりに無意味で無益な会話（森口とメグ談）を交わしたのも覚えている。蛇足だが、佐伯校長の衣装（？）は相変わらず派手で、そのときは黒地に金銀赤緑黄色の蝶が乱舞するプリントTシャツと白いジャケット、サーモンピンクのスカート（スカートの裾には泳ぐサーモンの模様が入っていた）だった。

あからさまな蛇足ですみません。

あれは、二ヵ月ほど前。校門脇の桜も街路樹も山々も淡い緑色の若葉を茂らせていた。風さえも緑の香りがした。

今、木々の葉っぱは濃緑だ。照りつける夏の光と相まって挑みかかってくるような猛々しさがある。

秋本からの連絡は一切なかった。

ぼくにさえ……。

誰になくてもぼくにだけは何か知らせてくる。伝えてくる。縋ってくる。泣き言を並べてくる。

思い込んでいた。

心のどこかで、信じていた。

秋本は言ったのだ。何度も、言った。

おれにとって、おまえは特別なのだと。

その他大勢ではない、唯一の存在なのだと繰り返し、言ったではないか。言われる度にぼくはときに狼狽え、ときに抗い、ときに「ふざけんな」と怒鳴り、ときに聞こえない振りをした。

でも、心のどこかで、信じていた。

そうか、こいつにとってぼくは特別なんだ。他の誰にも代えられない者なんだ。

そう……信じていたのだ。信じている自分を認めたくなくて、信じない振りをしていたけれど、本当は信じていた。心のどこかが、信じたいと望んでいたのだ。

でも、何の音沙汰もないまま、桜は散り、若葉となり、猛々しい濃緑の葉の季節となった。

「うちらだって心配してるのに……、貴ちゃん、ようわかってるはずなのに、何で連絡してくれんわけ」

メグがぼくを睨む。

睨まれる筋合いは、まったくない。オタマジャクシの尻尾の半分もないはずだ。むしろ、ぼくだって睨みつけてやりたいのだ。眉間に皺を寄せて、ここに、秋本がいれば、だけれど。

あいつがいなくなってすっきりした。気分爽快だ。毎日、調子いいぞなんて振り(すっきりした面は確かにある)は、していたけれど内面は焦れていた……のかもしれない。

淋しいと感じる自分に何の連絡も寄越さない秋本に、焦れていた。

ぼくはメグの視線を受け止め、鼻から息を吐き出した。

「ふん。だから、秋本ってのはそーいう、いいかげんなところがあるんだよ。寝る前に『あっ、そうや、みんなにメールしとかなあかんな。あ……でも、眠い。また、明日にしよう。おやすみ、日本のみんな。グッドナイト。晩安!』なんて調子に決まってるさ」

「秋本の物真似、むっちゃ上手いやん。さすが相方やね」

と、森口。

「うん。さりげなく中国語が出てくるところ、秋本っぽいな」

と、高原。

「えっ? 中国語ってどこに出てきたん?」

と、再び森口。

「晩安！　てとこ。『おやすみ』って意味やな」

と、再び高原。

「ワン　アン？」

「ｗａｎ　ａｎ！　て発音になるかな」

と、三度(みたび)森口と高原。

「ｗａｎ　ａｎ！　やね。じゃあ、『おはよう』はニー　ハオ？」

「それは『こんにちは』やで。『おはよう』は你早！　ＮＩ　ｚａｏ！　って感じかな」

と、四度(よたび)森口と高原。

「ふんふん。じゃあ『おはようございます。今朝はいいお天気ですね。でも、昼から雪が降るみたいですよ。それにしても四川(しせん)料理の中で一番有名なのは、やはり麻婆(マーボー)豆腐なんでしょうか』ってのは、どう言うの」

も、森口、それはあまりにハードル高過ぎるだろう。いくら、高原でも無理じゃないか。というか、どうしてここで、四川料理の有名どころを尋ねる必要がある？　それにしても、麻婆豆腐は四川料理だったのか。知らなかった。酢豚や青椒肉絲(チンジャオロースー)はどうなんだろう。それにしても、ぼくはなぜ晩安！　なんて中国語を知ってたんだろうなあ。不思議。

「えっと、あまり自信ないんで正確じゃないかもしれないけどたぶん、你早！　今天天気真婀……」

「中国なんてどうでもええやん」

メグが高原の流暢（りゅうちょう）（かどうかは、ぼくには判断できない。でも、鼻から抜ける感じがそれっぽかった）な中国語を遮る。

まったく、その通りだ。

今は中国語や四川料理は何一つ関わりない。

メグがこぶしを握る。

「中国よりアメリカやろ。麻婆豆腐よりハンバーガーやないの。中国なんてあかんわ。パンダで持ってるだけやないの。アメリカの方がええに決まってる」

ひえっ、メグ、それは問題発言だぞ。世界の二大強国に優劣つけちゃ駄目なんじゃないか。中国を敵に回したら、とんでもない目に遭うぞ。しかも、中国、パンダだけで持ってるわけじゃないし。

「萩本、些（いささ）か認識が偏ってるで」

高原が控え目にNGを出した。〝些か〟じゃなく〝かなり〟だと思うけど。

「うち、夏休みにアメリカに行く」

高原のNGを無視して、メグは指をさらに強く握り込んだ。

「ええっ、アメリカに」

仰天だ。そこまで思い詰めていたのかとメグを見やる。

メグ、秋本のためにそこまで……。

「アメリカって、ニューヨークに行くつもりなん」

森口が首を微かに傾けた。

高原の頬が心持赤くなる。

高原、『う、かわいいなあ』と胸内で呟いたの丸わかりだから。おまえも案外、わかり易いよなあ。

「当たり前や。貴ちゃんのおるとこに決まってる」

「そっかあ。残念やな」

「残念て？」

「いやあ、グアムぐらいなら何とか一緒に行けるかもって思うたんや。でも、ニューヨークまではちょっと無理やなあ。メグ、ええやん。グアムかてアメリカやろ。グアムにしよう」

「京美、ふざけんといて。貴ちゃんに逢いに行くのに、何でグアムやの。グアムなんて中国並みに関係ないわ」

だから、中国を引き合いに出すなって。

「けど、これ見てや」

森口がスマホを取り出し、メグに差し出す。

「あっ」

と、メグが息を呑んだ。

どうした？　いったい何が映ってるんだ。

「京美、こ、これって……」

「そうや。今年の水着の最新スタイルやで。ほらほら、これもこれもそうや。あ、これ、このワンピース形、ええやろ」

「うわぁ、ほんまや。すてき」

「こっちの、フリルのもかわいいんよ。あ、これはちょっと大胆やね。でも、メグなら似合うとちゃう」

「えー、そうかなあ。似合うかなあ。むしろ、京美の方が似合うんとちがう？」

「うちは、これがええなってのがあるんよ。ほら、この白のラインが利いてるやろ」

「わっ、ほんまやねえ。大人っぽいのにかわいいなあ」

ぼくと高原は顔を見合わせ、ぼくは首を傾げた。高原は無表情のままだった。間違っても、『うっ、かわいいなあ』と胸内で呟くことはない。

「な、こんな水着見たら、やっぱ、ニューヨークよりグアムやろ」

森口がにんまりと笑う。やはり不気味だ。

「そりゃあそうやけど……、あ、駄目。やっぱり駄目。水着より貴ちゃんが大事」

「メグ、ちゃんと考えて。冷静に考えなあかん。こんなかわいい水着で海で遊ぶより、秋本の方がええの？　実はな、友ちゃんと今年は夏の補習が終わったら、速攻で美砂(みすな)海岸に海水浴に行こうって話をしてたんよ。今日、メグに相談するつもりやったん」

「え、そうなん？　わぁ、行きたい」

「そうやろ。やっぱグアムは厳しいかもしれへんけど、美砂海岸なら全然行けるやん。日帰りできるもんな」

「美砂海岸なら、すぐ近くに健康ランドがあったはずやで」

健康ランド？　まさか『ブロードウェイ』という名では……。待て、健康ランドの名前なんかどうでもいい。森口、メグ、ずれてるぞ。明らかに話の筋がずれてるぞ。アメリカどころか、中国やグアムさえ、どっかに行っちゃってるじゃないかよ。あ、中国は関係ない。中国は忘れよう。再見、中国。

それにメグ、「わぁ、行きたい」やないだろ。秋本はどうした？

ぼくの声なき声が聞こえたわけじゃないだろうが、メグがふるふるとかぶりを振った。自分を鼓舞するようにこぶしを握る。

「あかん、水着に惑わされたらあかん。うちは……貴ちゃんのとこに行くの。行って、貴ちゃんが元気かどうか確かめたいの」

「萩本、どうした？　そこまで思い詰めなあかん何かがあったんか」

「ほんまやで。怖いほど真剣やないの。しゃべれるんやったらしゃべって。うちでよかったら、ちゃんと聴くから」

高原、質問のタイミングは間違ってないぞ。森口も「ちゃんと聴くから」って最高の励ましフレーズを上手く使ってるぞ。

でも……。おかしい。

おかしいよな。メグ、そこまで思い詰めてたか？　怖いほど真剣だったか？　今の今まで、水着がどうとか騒いでなかったか？　美砂海岸に行きたいとか言ってなかったか？

三人とも気付け。この矛盾にちゃんと気付け。

「……夢、見たん」

　ぼそっとメグが呟いた。

「夢！」

　三人の声が重なった。言うまでもないが、ぼくと高原と森口だ。ぼくは二人から〇・三秒ぐらい、ずれていたかもしれない。

　夢。

　今朝の悪夢を思い出す。

　ブロードウェイの舞台。おばさんたちの歓声。変てこな衣装。

　背中を汗が伝った。

　まさか、まさか、まさか同じ夢を……。観客席からブロードウェイの舞台を観てる夢だった、なんて言うんじゃないだろうな。

　背筋がぞくぞくする。こんな時季なのに、寒気がする。もしかしたら、ぼくたちは不可思議な事件のとば口に立っているのでは。

「アルマジロの着ぐるみ着てたんよ」

　メグの呟き声が少し低くなる。

「アルマジロ？　あの、襲われたら丸くなるやつか？」

「昔、『仮面戦隊ジャングルジャー』にアルマジロンって怪人がいたけど。あれのモデルになったやつやね」

「貧歯目アルマジロ科の総称だ。スペイン語で『鎧を着た小さなもの』という意味らしいで」

どれが誰の発言かは一々、記さない。

「そうや。しかも電球がついて、やたらピカピカ光る着ぐるみやった」

ピカピカ光るアルマジロの着ぐるみ。絶対に着たくない。

「貴ちゃん、そんな格好で大きな岩の上に座ってんの。すごく悲しそうだった。泣いてないのに、淋しさや悲しさが伝わってきたんよ」

そりゃあ悲しいよな。いかな秋本といえども、ピカピカアルマジロだもんな。悲しくて、情けなくて、やりきれないだろうな。

「貴ちゃんの横顔があんまり淋しそうで、悲しそうやったから、うち胸がきゅっと痛くなってしもうて……、一瞬、心筋梗塞かと思うたぐらい」

「心筋梗塞か。今、十代でも発症例があるからなあ」

高原が相槌を打つ。このまま、話が若年性心筋梗塞や脳溢血に向かうのだけは阻止せねばと身構えたが、メグはあまりそちらには興味を示さなかった。やれやれだ。

「うち、『貴ちゃん』て呼んだん。『貴ちゃん、うち、ここにおるよ』って。だって、ほんまに淋しそうで悲しそうなんやもの。あんな貴ちゃん、見たことなかった」

おれもない。

遠慮なく言わせてもらえるのなら、ピカピカアルマジロの秋本なんて誰も見たことないはずだぞ。遠慮して言わないが。

「そしたら、そしたら……貴ちゃん……」

メグの身体が震えた。

「秋本、どうしたんだ」

高原が眉を顰めた。

「空に向かって一声、吠えて、それから……くるっと身体の向きを変えて、藪の中に走り込んでしもうたの。うち、『貴ちゃん、待って』と叫んだけど振り返らんかった。そこで……目が覚めた」

アルマジロって吠えるのか。秋本は人間の言葉がしゃべれないのか。だとしたらピカピカアルマジロは着ぐるみの秋本じゃなくて、秋本によく似たピカピカアルマジロという生物だった可能性もある。

「不吉な夢やと思わへん」

メグの声も震えていた。双眸（そうぼう）も潤んでいる。いつもなら、胸がきゅっと痛くなって、「あ、これ心筋梗塞じゃないよな」と一瞬不安でありながら甘酸っぱい想いを抱くところだが、今日は、きゅんともぴっちゃーんともならなかった。

「うち、胸騒ぎが止まらんで……。で、瀬田くんはどうやろって思うたの。瀬田くんは不吉な夢、見んかったんかなって。話がしたくて、朝から呼び出したんよ」

夢は見ました。でも、触れたくない夢です。

「萩本の夢、全然不吉じゃない。むしろ、絵としたらむちゃくちゃおもしろい気がする」

ぼくは正直に答えた。

「なあ、そう思うだろ」

振り返り、ぼくは少しばかり顎（あご）を引いた。

目を見開いて、まじまじとこちらを見ている。

高原と森口が固まっていたからだ。

「あ……、どうした二人とも？　なんで、そんなマジ顔してんだよ」

まさか本当に、ピカピカアルマジロの夢は凶兆の証（あかし）なんて言い伝えがあるんじゃないだろうな。

「……うちも見たの」

森口が森口らしからぬ掠(かす)れた声を出した。

「え？　何を見たって？」

「秋本の夢」

「ええっ、ピカピカアルマジロの夢を、か」

「違う」

森口より先に、高原が首を横に振った。

「順を追って話す。おれたち、このところ湊駅前のバス停で待ち合わせして、『湊第一高校一つ手前』停留所で降りて歩くことにしてるんだ」

「何で一つ手前で？」

素朴な疑問をぶつけてみる。

『湊第一高校一つ手前』バス停の次は、そのままずばり『湊第一高校前』の停留所になる。これは、校門から数十メートルしか離れていない。当然、バス通の生徒はここで降りる。

「いやあ、このところ太り気味なもんやから。ウォーキングがてら一停留所間ぐらいは歩こうかなと思って」

高原は中年太りのサラリーマンみたいなことを言っている。

「太った？　高原、そんなことないぞ。むしろ痩せてて、ぐふっ」

背中に衝撃がきた。ずんと内臓に響く。ぼくは思わず咳き込んでしまった。

「瀬田くん、鈍過ぎ」

メグがひらりと手を振る。

「鈍いって……ああ、そうだった。登校デートな。二人で待ち合わせな。はいはい、わかりました。ふん、まさか一つ手前で降りるとは考えもしなかったぜ。ああ、そりゃあ楽しいでございましょうね。二キロぐらいはあるもんな。その間、二人であれこれ話しながら歩くんだもんなあ。楽しいに決まってるよな。猫が前を横切っても楽しい。鴉がカアと鳴いても楽しい、花粉がばんばん飛んででも楽しいでしょうよ。へへ、よろしいことで」

「瀬田……、卑屈で嫉妬深くて、隙あらば他人を陥れようと画策しているどっかの役人みたいになってるで。しっかりしろ」

「そこまで具体的に言われたくない」

「いいから、話を進めて。もうすぐホームルームが始まるで。要領よくまとめて、てきぱき話してや。時間がもったいないやろ」

メグが声を尖らせる。

萩本恵菜さん、あなたの指摘は当たっています。間違ってはいません。的を射ています。正論です。

でもな、ここまでさんざん引っ張ってきたのは自分だとの認識を持ってくれ。

「昨夜、不吉な夢（一般的にはそうは判断されないだろう）を見たから、不安になって瀬田くんと話がしたかった」

との一言で伝わる話だったんじゃないのか。

「で、歩きながらまあ……いろいろと取り留めない話をするわけで」

「いろいろって、どんな話を、ぐふっ」

また、背中に衝撃。

「それで、今日は貴ちゃんの夢の話になったんやね」

「そうだ。実は森口も昨夜、秋本の夢を見たんやと。そのときは、へえって感じやった。けど、萩本まで見たって聞いて、ちょっと驚いてる」

「京美の夢って……まさか、貴ちゃんがコモドオオトカゲの着ぐるみ着てたとかやないよね」

メグの声が低い。地を這うように響いてくる。

「ううん、うちのはアメリカンドッグを食べてる夢やった」

　アメリカンドッグか。まあ、まともだな。何てったってアメリカに行ってるわけだから、アメリカンドッグは十分にありうるよな。うんうん、納得、納得。

「なんや、秋本、フードファイターみたいになって、長いテーブルに座ってんの。ランニングシャツと短パン、それに鉢巻きしめてたわ。赤色の派手なやつ。あれ、ケチャップの色なんやろか。で、次から次にアメリカンドッグのお皿が運ばれてくるわけ。秋本、すごい速さでそれを食べてて、それで瀬田くんが」

「ええっ、また、おれが出てくるのかよ」

「出てきたんよ。何や三角巾（さんかくきん）してアメリカンドッグのお皿を運んでくるの。それで、秋本が食べたと思ったら、すぐに新しいお皿を置いていってな。瀬田くん、お面を被（かぶ）ってるみたいに無表情で、ほんま、眉毛（まゆげ）一本動かさんの。マジで怖かったわ」

「勝手に怖がるな。何だそれ、まんま、椀子蕎麦（わんこそば）じゃないかよ」

「椀子蕎麦やない。アメリカンドッグや」

　森口が言い張る。

「それで、貴ちゃんどうなったん」

「食べ過ぎて、お腹が破れてしもうたの」

メグが悲鳴を上げる。

昇降口に入ってきた生徒たちが一斉にこちらを見た。ぼく以外の三人はまるで気にする風はない。

「すごいんよ。お腹が山みたいに盛り上がったと思ったらびりびりって破れて、そこからアメリカンドッグが溢れ出てくるの。そしたら、瀬田くんが」

「また、おれか」

「瀬田くんなんよ。瀬田くんが秋本のお腹からアメリカンドッグを全部掻き出して、その後、ちくちく縫うの。このくらいの」

と、森口は両手を十五センチほど広げた。

「長い針でちくちくちく、ちくちく」

「鬼やわ」

メグが身震いする。

「鬼やなかったら、そんなことでけへんわ」

「鬼じゃなくて、七匹の子ヤギバージョンじゃないのか」

ぼくは努めて静かに語った。

「椀子蕎麦と七匹の子ヤギのコラボって。さすがに、森口の夢は文学的……と称賛したいところだが、全然なってないな、既成の物語に寄りかかり過ぎてる。椀子蕎麦的なアメリカンドッグも独創的とは言い難い。つまり、オリジナリティに著しく欠けるんだ」

「くっ……」

森口が唇を嚙む。

「しかも、ここには愛も恋もエロもない。ただ、アメリカンドッグがあるのみだ。これじゃとうてい、作品とは呼べないな」

「う……あ、愛と恋とエロならあるわよ。秋本のお腹を縫い終えた瀬田くんは、お腹が破れて勝負にも敗れた秋本を、優しく励ますの。『秋本、よくやったぞ。がんばったな』『あゆむ～、おまえの熱い声援にどれほど支えられたか、腹まで縫ってもらって、ありがとう、ありがとう』『おまえの腹はおれの腹だ。破れたままにしておけるか。名前、伸ばすな』『歩』『秋本』、と二人は強く抱擁するの。それで、そのまま床に倒れ込んで……むひひひひ」

「変な笑い方をするな。その部分は明らかに付け足しだ。今、速攻で考えただけだな。前とあまりにトーンが違う」

「ううっ、瀬田くん、鋭い。ま、負けたわ。うちの完敗や」

森口がうなだれる。メグがその背中を優しく叩いた。ぼくのときには、力任せだったのにな。

「京美、しゃあないわ。確かにちょっと雑なストーリーだったもの」

「それは認める。もっと精進するわ。うちな、メグ、高校生の間に絶対に絶対に、作家デビューするから」

「うん。京美ならやれる。がんばりぃな」

手を握り合う二人に、高原が遠慮がちに声をかけた。

「あの、夢の話に戻らへんか。そろそろ予鈴が鳴りそうやし」

「瀬田くん」

森口がずんと一歩前に出てきて、ぼくの苗字を呼んだ。威厳さえ漂う、張り詰めた口調だ。

「はい」

不覚にも、素直に返事をしてしまった。今までの経験から、ここで素直はまずいとわかっているのに。ベストな対応はまったく反応せず、隙を見てこの場を離れる。ベターは「はあっ」ともろに不機嫌な声と表情で相手を怯ませ、間隙をついてこの場を離れる、だったのだ。なのに「はい」なんて、入学式のぴかぴかの一年生並みの〝良

い お返事〟をしてしまった。

「瀬田くんはどうやったん」

「は？」

「うちら二人、つまり『ロミジュリファンクラブ』のメンバーの内二人までが秋本の夢を見た。秋本の相方である瀬田くんが……、うん？　瀬田くん？　どないしたん？顔色悪いで。なんや、気分が悪そうに見えるなあ」

「悪そうじゃなくて、リアルに悪いんだ」

「え？　何で？　さっきまでフツーやったやないの。もしかして、低血糖？　朝ご飯、食べてないの？」

「十分、食った。血糖のせいじゃない、森口が今……と言ったから、目眩がして、少し貧血気味で……」

「え？『ロミジュリファンクラブ』がどうかした？」

やめろ、やめてくれ。その名前だけは聞きたくない。この世から、抹消したいんだ。ぼくの人生を、高校生活を狂わさないでくれ。

「だって、秋本と瀬田くんのコンビ名が『ロミジュリ』なんやもの。『ロミジュリファンクラブ』ってのが、一番、わかり易いかなって思うたんよ。『ロミジュリ』ってコンビ名、変えたりせえへんやろ」

「変えちゃあかんと思うで」

ここで、高原が口を挟んでくる。

「漫才コンビ『ロミジュリ』って名前は、かなり浸透してるし、瀬田と秋本の雰囲気にぴたっと合うとる。柔らかくて、きれいで、何となく耳に残る感じがあるしな。活動が休止している今だからこそ、コンビ名は守らなあかん。これは、経済活動の鉄則であり常識だ。」

ぼくは高原をすごいやつだと思って来た。明晰な頭脳や豊富な知識量もさることながら、一人の相手を一途に想える心根、自分の想いを貫き通す強さをすごいと思って来たのだ。けど……、そんな幻想を打ち捨てて、ここに宣言する。

おまえも、やっぱりアホだぞ。

経済活動と『ロミジュリ』を結び付けるな。しかも、無理やり。

「瀬田くん、ほんま往生際が悪いで。どんなにじたばたしても、秋本がロミで、瀬田くんがジュリ。二人揃って漫才コンビ『ロミジュリ』でーすってのは、変わらへんの。ええ、ジュリである瀬田くんがしっかりせんとあかんやろ」

森口がぽんぽん攻めてくる。

「いや、おれ……別にしっかりしなくてもいいと……」

「喝！」

「ひえっ。すみません」

「で、夢は」

「は？　あ、ゆ、夢は別になくて……。できれば地道にちゃんと生きていけたらいいなあと……。一般的なモデルケースからあまり外れたくはないというのが本音なので、やはり、漫才コンビなどという突拍子もないご提案に関しましては、当方としましてもちょっと」

「喝！」

「うわっ、すみません」

「将来の夢ではない。昨日の夢じゃ。そなた、昨夜、夢を見たであろう。秋本貴史の夢をな」

「も、森口。それ、老師か。弟子に奥義を伝える老師の役か。だとしたら、全然、雰囲気でてないぞ」

「あら、ほんま？　やっぱり無理がある？　じゃあ、素でいくわ。瀬田くん、どんな夢だったんよ」

森口は、ぼくが秋本出演の夢を見たという前提で話をしている。実際、見たのだから的外れではないのだが……。

「瀬田くん、教えて。貴ちゃん、泣いたりしてなかった」

メグがぼくの顔を覗き込んでくる。

うう、どうして、こんな必死の眼をしているんだ。

ぼくは、ぼそぼそと夢の話をしゃべった。なるべく、掻い摘んで短く、わかり易く。ぼくのヘンテコなカツラのところは、当然ながらはしょらせてもらった（そのかわり、秋本に関する部分は包み隠さず白状した）。

「さすがに、リアルやねえ」

聞き終えて、森口が息を吐く。

「ほんまやな。夢のレベルが違う」

高原が頷く。しかも、深く。

レベルってどこで計るんだよ。

おまえたち、馬鹿馬鹿しさではいい勝負だぞ。

「けど、これではっきりした。『ロミジュリ』に関わっているメンバーの内三人までが秋本の夢を見たんや」

「しかも、昨夜に限ってだ」

「これって、どういうこと」

森口、高原、メグの順に一言発言が続く。

ぼくは、顔を寄せ合う三人から、静かに静かに後退っていった。

よし、いい調子だ。

このまま逃げ切るんだ。

とりあえず、この場から、この三人から、『ロミジュリ』から、漫才から逃げ延びる。逃げれば何とかなる。とりあえずでいいんだ。〃とりあえず〃は、大切なんだ。〃一生懸命〃や〃努力〃より、大切なときがあるんだ。ぼくにとって、今がまさにそれだ。〃一生懸命に努力する〃じゃなくて〃とりあえず逃げる〃が大切、最重要課題だ。よし、歩、いいぞ。このまま〃とりあえず逃げる〃ミッションを成功させよう。おお、我ながらとりあえずの呼吸を体得できているじゃないか。すごいぞ、歩。成長したな。

「よお、瀬田」

肩を叩かれた。

振り向く。

えらの張ったでかい顔が目の前にあった。

「あ……藤川」

「おはよう。朝から何や賑やかやな」

藤川は顔つきも体格もごつくて、逞しい。

「おれ、小学生の時から三十ぐらいに見られてた」

と嘆いていたが、あながち冗談とも思えなかった。ただ、声は抜群に美しい。深くて、柔らかくて、心地よい。

あまり詳しく語りたくはないが、中学の文化祭で、抜群のナレーション力を発揮して、会場を盛り上げてくれた。ぼく的には、苦い思い出の文化祭だったが。それと藤川のナレ力がすばらしいのは、また、別の問題だ。

そうだ、エピソードを一つ。藤川が現国の授業で、さる文学作品の一部を朗読したとき、教室は静まり返り、すすり泣く女生徒もいたと、そんな伝説を早々と作り上げた男だった。

「じゃあな」

もう一度、ぼくの肩を叩き、楽しげに笑い藤川が遠ざかっていく。その背中を追い掛けて駆け出したい衝動を、ぼくは必死に抑えていた。抑えなくても追い掛けられなかっただろうが。

ぼくの右腕は、がっちりとメグに摑まれていた。

メグ、腕を摑むんなら、もっと優しくしてくれ。で、力任せに引っ張らないでくれ。これじゃ、女刑事に連行される犯人の図になっちゃうじゃないか。

「今度、逃げようとしたらただじゃおかへんで」

振り向き、メグの放った一言はどすが利いて、利いて、ぼくは本気で震えあがってしまった。

「ええな、瀬田くん、よう考えて」

「何を考えるんだよ。今日は三時限目に古典のプチテストがあるぞ。そのことを考えたら、ちょっとでも試験勉強をしてた方がいいんじゃないのかよ」

「テストは明日や」

メグはにべもない言い方をした。

「京美、さっきのとこ、もう一度言うて。瀬田くんに、しっかり聞かせたってや」

「了解。瀬田くん、うちらは今までに入手した情報を分析し、議論を重ね、臨床研究を進め、とうとう一つの結論に達したんや」

「情報を分析する時間も、議論を重ねる時間も、臨床研究を進める時間もなかったよな。なんせ二、三分しか経ってないんだからな。森口、あんまり、ハッタリかまさないでくれ」

「ちょっと大げさに言うてみただけやないの」

森口が唇を尖らせる。

「ええ、うちらがこれだけ揃って、同じ夢を見たってことは」

「同じじゃないぞ。アルマジロと椀子蕎麦風アメリカンドッグは、絶対に同じじゃない。まるで違うぞ。あ、もちろん、ブロードウェイも……」

「けど、みんな秋本が関わってる。て、ことは」

「偶然だろ」

ぼくは、森口をちらりと見やった。やはり、ぼくの方がだいぶ背が高くなっている。

「偶然、おれたちが秋本の夢を見ただけさ。急に暑くなったから、体調が悪かったんじゃないのか」

「体調が悪いと、秋本の夢を見るわけ」

「おれなんか消化器系の不調が疑われるときは、必ず秋本が夢に出てくる。医学的に証明はできないが、何らかの因果関係はあるはずだ。いつの日か、科学がそれを明らかにしてくれるだろう」

「してもらっても嬉しくない気がするわ」

「確かに。ただ、今回の我々の秋本夢見事件に関しては、裏はない。偶然の一語に尽きる。決して、〝秋本が帰ってくる前触れ〟なんかじゃないからな」

森口が顎を引く。

メグがぼくを睨んでくる。

「何だよ」

こうなったら、徹底抗戦だ。美少女だろうが妄想少女だろうが、木っ端微塵に粉砕してやる。

「じゃあ、言うけどな。夢を見たから秋本が帰ってくるなんて根拠、どこから出てくるんだよ。帰ってくるならくるって、秋本だってさすがに連絡してくるだろうが。いや、むしろ、空港まで迎えにきてくれだの、歓迎パーティーの準備をしといてくれだの、あーだこーだ騒ぐに違いないんだ」

「確かにね」

森口が相槌を打った。

「で、歓迎パーティーの席で、『新生ロミジュリの漫才を披露しまーす』なんて叫びながら、瀬田くんを抱えて壇上に上がる」

「そうそう、それで、おれが無理やり漫才なんかさせられる例のパターンが復活して、もうほんとに……、違う。そんなことはない。おれとしては歓迎パーティーなんて、絶対にやらないと決意している。いいとこ、再開した『おたやん』でお好み焼きを食うぐらいだ」

「『おたやん』のお好み焼き」

森口の視線が空をさまよう。

「食べたいねえ」

ぼくも食べたい。

鉄板の上でじゅうじゅう音を立てるできたてのお好み焼きを腹いっぱい、味わいたい。みんなで集まって、好きなこと言って、騒いで、笑って、ときには諍いや睨み合いもあって、でも、いつの間にかまた、みんなで笑っている。食べている。

ぼくの中学時代を鮮やかに彩ってくれた光景だ。

ぼくは独りが好きだ。独りでいるとほっとする。身体の力が抜けて、とりとめない思いに浸れる。だから、独りでいることを単純に淋しさやみじめさに結びつけないで欲しいと思う。

独りで部屋にこもっているからわかること、独りで生きているから手に入れられるもの、独りでいることを選択したから開けた道……。それらは確かにある。友達や仲間が多い方がすばらしいわけもないし、誰とでも巧く、そつなく付き合える者が豊かに生きているとは限らない。

でも、自分ではない誰かと過ごす時間を愛しいと感じられたら、それはそれで幸せだと思う。

独りでいられる幸福と誰かと過ごす豊穣。

ぼくは、湊市でこの二つを手に入れた。

奇跡だと言い切れる。

ぼくの手中には奇跡が輝いている。そして、奇跡の真ん中に、秋本が立っている。

秋本と出逢ってから、まだ二年足らずだ。

ぼくは父さんと姉ちゃんを事故で失い、母さんと湊市に越してきた。この街が母さんの故郷で、湊市南町でスーパーを営んでいる伯父さんが強く帰郷を勧めてくれたからだ。母さんは妹想いの兄の勧めに従い、ぼくは母さんの決断に従った。とりあえず、その道しか考えられなかった。考えても何も浮かばなかった。

まさか、そこに秋本貴史という男がいるなんて予想もしなかった（予想できるわけもないけど）。

とりあえずで前に進んでも、人生って何が起きるかわからない。誰に出逢って、どう変化するかわからない。

予測不能。

何て厄介で、スリリングで、おもしろいのだろう。

メグが小さく息を吐き出した。

「貴ちゃんが帰ってくるってことは、おばさんも帰ってくるやろ。そしたら『おたやん』、また、始めるんやないかなあ」

「違うっ」

ぼくはメグの鼻先に人差し指を突き出した。

「……瀬田くん、ちょっと深爪し過ぎやないの。ここまで短くせんでもよかったのに指先が赤くなってるやないの」

「そうなんだよ。昨夜、やっちまって痛くて痛くて……違う。おれの爪なんて、どうでもいい。萩本っ。おれの言うことを聞いているか。たかだか夢ぐらいのものが、秋本帰国の根拠にはならなーいんだ。わかったか」

人差し指をくるくる回す。

メグの黒眸(くろめ)もくるくる回る。これは……おもしろい。

「秋本が帰ってこなければ、有紗さんも帰ってこない。したがって『おたやん』の再開も、あれ？　萩本？」

　メグが両手で顔を覆ってしゃがみこんだ。

え？　泣いちゃった？　ぼくが泣かした？

「あ、あの……わわわっ、は、萩本、ごめん……おれ、きつかったか。きつく言い過ぎたか。あ、あのその……そうだ、もしかしたら夢っていうのも、わりに当たってたりして……。いや、おれとしては秋本がオオアリクイの着ぐるみ着てるってのも有りだとは……萩本、泣かないでくれよ。謝るから……」

「アルマジロやで」

高原が背後で囁（ささや）いた。

「秋本の着てた着ぐるみ、オオアリクイやなくてアルマジロや。別の生き物やで。まあ、どちらも貧歯目ではあるけどな」

「あ、そ、そうなんだ。じゃあ、アルマジロとオオアリクイは親戚（しんせき）みたいなもんなんだな。叔父（おじ）さんと甥（おい）っ子ってとこかな。ははは」

「瀬田、落ち着け」

「高原ぁ。おれ、どうしよう。萩本を泣かしちゃったよう」

「泣かしたんやない。目を回させたんや」

「へ？」

「瀬田がくるくる指を回すから、萩本の目が……」

「そんな、トンボじゃあるまいし……」

森口がメグを抱え起こす。

「メグは昔からトンボ体質なんよ。すぐに目が回るん。ちょっと、メグ、大丈夫？」

トンボ体質？　そんなのあるのか。大丈夫なのか、それ。殺虫剤とか平気なのか？

「う、うん。大丈夫……。なんや、くらっときてしもうて……」

「ごめん。そんな体質だったなんて知らなくて」

ぼくは頭を下げた。トンボ体質については、まったく知識はないが、目眩は辛かったと思う。申し訳なかった。

「ええんよ。この時期だけ……ちょっと変になるの。散髪屋さんのくるくる見ても気持ち悪くなるんよな。何か、花粉症と同じアレルギー性疾患の一つやないかと思う」

「高原」

「うん？」

「トンボ体質と花粉症って関係あるのか」

「いやあ、目が回るのは三半規管との関連やないかと……。けど、その問題については、今は深く考ええん方がええんとちがうか。それより、瀬田は飽くまで、夢と現実が連動するわけがないと主張するんだな」

「え？　あ、うん。そうそう、そうだ。おまえだって科学的根拠のまったくない話であるとは認めるよな」

「うん」

「だろ。だとしたら、秋本の夢を見た＝秋本が帰って来るなんて法則が成り立つわけがないの、よく、わかってるだろうが」

「瀬田、人間の頭脳の働きについては、まだ解明されていない部分がたくさんあるそうだ。たとえば、予知夢だ」

「ヨチム？　ハングル語で幼稚園のことか？」

「アニヨ　クロッチアンスムニダ。違う。予知する夢や」

「ああ、予知夢な。それならそうと早く言えよ」

「……言うたつもりだったけどな。ともかく、人の脳には未来を知る力が秘められているかもしれんのや。それが夢という形で表れることがあると、これは、さまざまな研究者から報告されている。今回、三人もの人間が秋本の夢を見た。おれは、それを単なる偶然の一致で片付けるのには反対や。『チーム・ザ・ロミジュリ』のメンバー内で三人だぞ。いや、もしかしたら蓮田や篠原だって見てるかもしれん。ともかく偶然だなんて、あまりに不自然やないか」

『ロミジュリファンクラブ』じゃなくて『チーム・ザ・ロミジュリ』なんだな。正式名称はそれなんだな。それでいいんだな。正式名称なんて知りたくもないけど。

「瀬田、何かあるんや。何かがこれから起こるんや。その何かとは、おそらく、秋本に関することや。とすれば、あいつが日本に帰ってくるってことしか考えられんやないか」

「アルマジロの着ぐるみを着てバイトしてたら、落ちていたアメリカンドッグで足を滑らせて失神。気が付いたら、どうしてだかブロードウェイを彷徨っていて、さらにどうしてだかブロードウェイの舞台に立てるほどになってスター街道驀進中かもしれない」

「なんちゅうストーリーなんや」

「ほんま、三人の夢を繋げただけやないの。あまりにオリジナリティに欠けてるわ」

「森口、おまえにだけは言われたくない。ともかく、何にもないんだよ。おれたちは日本にいて、秋本はアメリカにいる。それは変わらないんだ」

そうだ、ぼくたちは、ぼくは秋本のいない日常を生きているんだ。秋本がいつ帰って来るのか、ぼくには見当がつかない。予知なんてできない。だから、考えない方がいいのだ。秋本を待ったりしてはいけない。秋本に振り回されて、心を乱されてはいけないのだ。

「おれ、思うんだけど」

ぼくは短く息を吐いた。

「みんなはどうだか知らないけど……、おれは、おれと秋本はもう別々の生き方をしてる。だから『ロミジュリ』はもう……復活しないかもしれない。もう、終わっちゃったかもしれない」

言葉にしたら、それはとてもリアルな感覚として迫ってきた。

『ロミジュリ』は、もうない。どこにもない。文化祭も夏祭りも市立病院のフリースペースも、全部、思い出になった。少しずつ、少しずつ色褪せていく。乾いて萎んでいく。

「ああ、そういうこともあったな」

「あれはあれで、楽しかったぞ」

「若かったからなあ。いやあ、懐かしい、懐かしい」

そんな台詞(せりふ)に変わってしまう思い出になるのだ。

「へっ、そんなわけないやん」

　森口が肩を竦(すく)める。

「あの秋本がそう簡単に諦(あきら)めるわけないやろ」

　くくくくく。森口は笑った。小刻みに肩を震わせ、目を細め、口の端を吊(つ)り上げ、若作りの意地悪な魔法使いみたいになっている。

「秋本はしつこいでぇ。納豆の十倍くらい粘っこいしな。本気で、漫才が好きやし、瀬田くんはやっとこさ見つけた最高の相方やし。終わりになんかするわけないわ、な、メグ」

「そうやで。瀬田くん、貴ちゃんから逃げ切れるて思うてるの。だったら甘いで。『ことぶき餡(あん)』の水羊羹(みずようかん)の十倍は甘い」

　これも、まったくの蛇足だが、『ことぶき餡』は湊大通り商店街にある和菓子の老舗(しにせ)だ。ご主人の三瀬(みせ)さん（たぶん、六十代）は幼いころ、餡子樽(だる)の中に落ちて死にかけたという壮絶&稀有(けう)な経験をしている。そのせいなのか、本当は和菓子より洋菓子が好みだ。この前、母さんに頼まれて進物用の水羊羹（『ことぶき餡』の名物なのだ。メグの発言に文句をつけるつもりはないが、甘さ控えめで、でも風味があって実に美味(うま)い)を買いにいったら、三瀬さんが趣味で作ったババロアとコーヒーゼリーをおまけにくれた。

「『ロミジュリ』が終わるなんて、ありえへん。覚悟しとき、瀬田くん」

「萩本、おまえ、おかしかないか。おれのこと、さんざんライバル視しといて、何で『ロミジュリ』に拘(こだわ)るんだよ。きれいさっぱり終わっちゃった方が、かいさーんってことになった方がいいだろうが」

「よくない」

「何で?」

「『ロミジュリ』、おもしろいもん。うち、『ロミジュリ』のファンなんや。『ロミジュリ』の漫才が好き。なんや、胸がわくわくする。瀬田くんが貴ちゃんの相方になってくれて、『ロミジュリ』が結成されて、ほんま嬉(うれ)しい」

「萩本……」

眸(ひとみ)を輝かせたメグの、「好き」が胸に染みる。ぼくだけに向けられた「好き」ではないけれど染みる。

でも、『ロミジュリ』はぼく一人では成り立たない。秋本がいなければ、死んだも同然だ。仮死状態に近い。

蘇生は可能だろうか。

「あ、おーい、瀬田」

深く美しい声がぼくを呼んだ。

藤川だ。

顔と声がアンバランスな藤川だ。朗読しただけで女生徒が泣き出し、むっつり顔で歩けば子どもが逃げ出す藤川だ。

藤川はばたばたとぼくの前まで走ってきて、うんうんと二度頷いた。それから、ぼくたちを見回す。

「高原、森口、萩本さん、瀬田。おしっ、全員いる」

藤川がメグにだけ、なぜ〝さん〟を付けたのか、追及しようとは思わない。メグは美人だし、変に強がるところがあるから、アコワイている者はけっこう多い。アコワイとは、憧れつつも怖いの意味を含んだ造語だ。おそらく、湊三中、湊一高のごくごく一部でのみ使用されていると思われる。調査研究は、まだこれからだが。

ぼくは萩本恵菜が、気は強いが涙もろく、早とちりでドジな面もあって、独り善がりなところも寛容で優しいところもあると知っている。森口が妄想癖がありながらも公正で率直な性質であることも、高原が頭脳明晰で冷静ながら、ときに「おまえは、どんどやきか」とツッコミをいれたくなるほど情熱的になることも知っている。因みに、どんどやきとは、小正月に注連縄などを焼く火祭だ。ぼくの住む地域では、河原で消防士立ち会いのもとにどんどを行う。三瀬さんが、その火で炙った餡子餅を配ってくれたりもする。餡子餅が苦手な人には、手作りクッキーをくれる。

明らかな蛇足で、すみません。

どんどやきとはまったく関係ない藤川が顎をしゃくった。

「みんな、校長が呼んでるぞ」

「校長が？」

「うん、すぐに理科室の人体解剖図の前に来いってさ」

また、人体解剖図か。どこまで、人体解剖図が好きな人なんだろう。そして、何の用なんだ？

# 3　ご用はなんですか

「な……、もしかしたら」

理科室へと向かう廊下の途中でメグが言った。ほとんど、囁き(ささや)に近い小声だった。

「もしかしたら、貴ちゃん、帰ってきたんとちがう」

「まさか」

ぼくは小さくかぶりを振った。

「そんなわけ、ないさ」

「どうしてよ。何で言い切れるの」

「おれたちに何の連絡もなしに、いきなり帰国？　そりゃあない。さっきも言ったろ。あいつのことだ、派手に帰国イベントを企(たく)らむに決まってる。おれは参加しないけど」

「なるほど、それも一理あるな」

高原が同意してくれた。心強い限りだ。

「しかしな、瀬田。逆もまた真なりとも考えられるぞ」

「というと？」

「うむ……」

高原は指を軽く顎に当てた。

おお、これこそ、名探偵が「この事件の真犯人は、あなただ」と決めるクライマックスのちょっと前のシーン、自分の推理を披露しながら徐々に犯人を追い詰めていくときの、決めポーズだ。「真犯人はあなただ」と指差すポーズほど派手ではないが、地味なりに印象的でなければならない。高原はその雰囲気を見事に醸し出していた。さすが、だ。

何がさすがなのか、まるで説明できないが。

「秋本の性格からして、アメリカからの帰国という一大イベントに対し、何のアクションも起こさないとは考え難い」

「まったくだ」

「さらに、ごくありきたりの歓迎で満足するとも考え難い」

「なるほど……」

「秋本からすれば、降り立った空港のロビーで派手に『秋本貴史帰国＆「ロミジュリ』の再出発を祝う会』を催したいぐらいの気持ちはあるやろう。そこで、新生『ロミジュリ』の初漫才を披露したいと望んでも不思議やないで」

　ぼくは身体を震わせた。

　悪寒がしたのだ。

「しかし、さすがにそこまでの力はない。とすれば、逆に」

　高原は手のひらを半回転させて、下に向けた。

「突然の帰国、隠密の行動。誰にも知られず湊市に潜入し、おれたちを『あっ』と言わそうと考えるかもしれへんな」

「あっ」

　と、森口が言った。メグは「わぉっ」と言った。

「なるほど、それは大ありやね」

　森口が指を鳴らす。これは森口の特技の一つで、指を軽く弾くだけなのにパチッといい音がする。しかも、親指と人差し指、親指と中指で音が微妙に違うのだ。実生活に役に立つとは思えないが、なかなかの特技だと感心する。

「うん、貴ちゃんならそれくらいのこと、するかも」

　メグが背中のデイパックを揺すり上げた。ぼくも森口もメグもデイパックを使っている。自転車に乗るにしても、歩くにしても、小型のリュックサックは便利なのだ。高原が昭和の雰囲気漂う学生カバン（森口談）を愛用するのは、教科書や参考書にとって理想的な形だからだそうだ。どこがどう理想的なのかは、まだ聞いていない。今後、聞く予定もない。まったく意味のない情報だが伝えておく。

「いやぁ、そこまでややこしいことするかな」

ぼくは異議を唱えた。

「そうややこしくはないやろ。おれたちをびっくりさせるだけなんやから」

「おれたちをねえ……。ああ、例えば校長と入れ替わってるとか」

ぼくも指を鳴らした。森口の半分ほどの音量だ。

「おれたちが理科室に入る。するとそこに、校長に化けた秋本と秋本に化けた校長が立ってるわけだ」

「そりゃあ、驚くな」

高原が眼鏡を押し上げた。口の端が震えている。校長に化けた秋本を想像して噴き出しそうになっているのだ。秋本に化けた校長を想像したのかもしれないが。

「あの秋本やで、その程度ですむわけないやん」

森口がはたはたと手を振った。

「校長化けでも程度が軽すぎるか？　おれとしては、かなりのハイレベルだと思うけどなあ」

「瀬田くん、相方としてはちょっと見方が甘いで。『ことぶき餡』の水羊羹の三倍くらいかな」

森口、おまえにとっては『ことぶき餡』の水羊羹が全ての甘さの基準になるんだな。まあ、感覚的にすごくよくわかるけど。

「じゃあ、京美はどう考えてんの」

メグがひょいと口を挟む。興味津々の眼つきだ。

森口が理科室の方向を指差した。

「ずばり、人体解剖図」

「人体解剖図！」

ぼくとメグが同時に叫び、同時に眉を吊り上げた（たぶん）。

人体解剖図は幅一メートル、長さ二メートル弱の大きさでその名の通り、人体を解剖した図だ。骨格、筋肉組織、内臓の三枚組になっているらしいが、今貼り出されている内臓パーツしか、ぼくは知らない。少なくとも入学してからずっと内臓のままだ。

「この前、校長に呼び出されてからずっと考えてんの。どうして理科室なのかって」

「ふむふむ」

「だって、校長室でも応接室でもなくて理科室やで。どう考えても、おかしいやろ」

「だよな。実はおれもそこにずっと引っ掛かってたんだ。おれが『なぜ、理科室なんですか』って尋ねたとき、校長、明らかに動揺した様子だったしな」

「あ、それ、うちも感じた。ホルマリンの匂いが好きとかなんとか誤魔化してたなって。やはり、謎はそこにあるわけか」

「あの……、校長室も応接室も今、床の張替えをしてるやないか。工事関係者以外の立ち入りは禁止されてるで」

　高原が遠慮がちに真実を告げる。

「けど、理科室やで。音楽室でも家庭科室でもなくて、理科室」

「おれらが呼ばれたのは放課後やった。音楽室は吹奏楽部が家庭科室は手芸部が使うてたんや。理科室は他の教室から離れとる。隣は進路指導室と資料室や。静かで、人が来なくて、プライベートなことを伝えるには最適の場所やなかったんかな。おれは、そう考えてたけど」

　あらま、謎はあっさり解かれちゃったよ。

「理科室はさておいて、問題は人体解剖図よ」

森口は恋人の謎解きにも、主張を曲げようとしなかった。

「あの人体解剖図が怪しいと、わたしは睨んでいます」

「森口が標準語になってるぞ。かなりの気合が入ってる」

「そうやな。ここはおとなしくしとかなあかんな」

ぼくと高原の内緒話を粉砕するごとく、森口の凛とした声が鼓膜に突き刺さってきた。映画やテレビドラマならここでBGMが鳴り響くところだ（ろうか？）。

「ずばり、秋本くん人体解剖図に化けてるはずよ。おそらく、校長も一役買っているはず。わたしたちを何度も人体解剖図の前に呼び出したのは、わたしたちの目を人体解剖図に慣れさせ、秋本くんと入れ替わっていても違和感を覚えさせないようにとの、実に用意周到な計画だったのです」

暫くの沈黙の後、高原が空咳をしてみせた。

「はは……。さ、さすが森口。発想が独創的だ」

「独創的というか現実離れしてるよな。人間が、どうやったらぺらぺらの紙に化けられるんだよ。それに、呼ばれたのは今日で二回目だぞ。何度も、呼び出されてねえし。森口、『ことぶき館』の水羊羹の二十倍は甘いな。あまりに甘い」

「瀬田、そこまで言わなくても……。あ、でも森口、やはり二次元と三次元の違いってのは考慮したほうがええと思うぞ」

「いや、秋本ならやる」

妙にきっぱりと森口が言い放った。

「うちらを『あっ』と言わすためなら、ぺらぺらだろうがどんぶらこどんぶらこだろうが、やり通すのが秋本貴史や」

どんぶらこどんぶらこってどんな状態なんだ。秋本はアメリカから桃に入って太平洋を渡ってきたのか。

「人体模型の方やないの」

メグが言った。

「あれなら、ぺらぺらにならんかて化けられるで。もち、どんぶらこどんぶらこになる必要もないし」

だから、どんぶらこどんぶらこってのは、どういう状態なんだよ。

「理科室に人体模型ってあったっけ?」

森口が首を傾げた。

「あるで。準備室のロッカーに仕舞い込まれてるけど。仕舞い込まれてるんじゃなくて封印されてるって聞いたこともある」

「ああ、うちもある。夜中に勝手に歩き出すから、どっかの偉いお坊さんがロッカーに封じ込めたとかって都市伝説やね」

それは、ただ邪魔になって片付けただけじゃないのか。封じ込めるのがロッカーだなんて、あまりにお手軽過ぎるだろうが。

「なるほど、人体模型かあ。確かに、そっちの方が見込みはあるな」

高原が同意する。適当に話を合わせているのではなく、本気で頷いているところが、不便だ。

「そうやろ。でも、瀬田くんが言ってたみたいに校長化けってのが、一番、リアルな気もするしなあ」

「ちょっと待てよ、みんな。秋本が既に帰国している前提で、話が進んでるぞ。ちょっと逸り過ぎじゃないか」

「ふーん、瀬田くんは飽くまで、貴ちゃん帰国してない派なんやね」

「派閥があるとは思わなかったが、敢えて言うなら、そうだ」

「真向勝負やね。うちは人体模型に一票やわ。京美は人体解剖図に拘る？」

「拘りますとも。秋本ぺらぺら派や」

「おれは校長化けに投票する。判断基準は想像しただけで笑えるってとこや。秋本なら笑いを取るためなら、何でもするだろうしな」

「えっ、おれたちを『あっ』と言わせるためじゃなくて、笑いを取る方向で考えんのか、それなら、おれも校長化けかなあ」

わいわい言い合いながら、理科室の前まで来た。

いよいよだ。

秋本はいるのか、いないのか。

いるのなら人体解剖図か人体模型かはたまた佐伯校長か。あるいは、ぼくたちがまったく予想もしなかった姿となっているのか。

果たして、果たして、果たして。

ぼくはドアを軽くノックした。

「どうぞ」

誰かが答えた。誰かはわからない。ドアの向こうの声はくぐもって、聞き取り辛かった。校長のようではあるが、断定はできない。

「行くぞ」

ドアの取っ手に指をかけ、振り向く。

メグ、森口、高原。三人の緊張した顔が並んでいた。

「行ってくれ、瀬田」

高原がこくりと息を呑(の)み込む。メグは息を詰め、森口は普通に呼吸していた。

よし、行くぞ（ここは心の声）「失礼します」

ぼくは意を決して、ドアを開けた。

音を立て、ドアが横に開く。

人体解剖図の前に秋本と佐伯校長が立っていた。


「秋本！」

と叫んだのは、高原だった。

「……貴ちゃん」

メグは呟(つぶや)いたまま、その場に棒立ちになった。

「あき、あき、あき……」

森口が口をぱくぱく動かす。

「あ、あ、あ……」

ぼくの口もぱくぱく動く。

秋本は人体解剖図からひょっこり現れた……わけではなかった。人体模型の格好でロッカーから飛び出してきたわけでも、校長の仮装をしていたわけでもない。むろん、アルマジロの着ぐるみもかぶってなかったし、ベタベタこてこてのアメリカンスタイルでもなかった。湊第一高校の制服を着て、人体解剖図の前にいた。

「よお」

秋本は軽く手を上げ、照れ笑い（おそらく）を浮かべた。

「やっとこさ帰ってきたで」

「貴ちゃん」

メグが動く。ぴょんぴょんとツーステップで秋本の傍らに立つ。

「いつよ、いつ帰ってきたん」

「昨夜。というか今日の真夜中かな。今、時差ボケ真っ最中やな」

高原がふっと息を吐いた。

「今日の真夜中か。やはり、みんなが夢を見たのは、それぞれに秋本の帰国を感じ取ってのことだったんだな。精神的周波数が共振したんだ」

どう感じ取ったらアルマジロやアメリカンドッグが出てくるんだよ。と、いつものぼくなら突っ込んだと思う。しかし、今のぼくはいつものぼくではなかった。かなりの衝撃だった。

理性が四分の二・七ぐらいは吹っ飛ぶ衝撃だ（数字が細かくてすみません）。どうして、高原とメグは冷静でいられるのだ。こんな現実をどうしてすんなり受け入れられるんだ。

こんなことが……、こんなことが……。こんなことが……。

森口もぼくと同様の衝撃を受けたらしい。目を見開いたまま、

「あき、あき、あき……」

と、口ぱくぱく状態から抜け出せずにいる。ぼくは四分の二・七吹っ飛んだ理性を必死に掻き集めようとした。でも、やはり森口と同じく、口ぱくぱく状態は改善しないのだ。

「あ、あ、あ……」

「いや、そんなに驚かしてしもうたか。かんにんやで」

秋本が両手を合わせて、拝む真似をした。

「あき、あき、あき……」

「あ、あ、あ……」

「そこまで驚くんかい。いやあ、何か照れるやないか」

「あき、あき、あき……、明らかに季節外れやわ」

森口が叫んだ。

「あ、あ……赤い」

ぼくも叫んだ。

赤いのだ。真っ赤っかなのだ。

佐伯琢子校長の服装、特に上半身は圧倒的な赤だった。

つるつるした光沢のいいブラウスは正真正銘、掛け値なしの真紅だ。他の色の混ざらない紅だ。しかも、フリルだ。胸には三重の、袖口には二重のフリルが付いている。スカートは真緑。正真正銘、掛け値なしの真緑だ。しかも、苺が散っている。赤い小さな苺があっちにもこっちにも散っている。

「苺は……季節外れや」

森口が喘ぎながら言った。校長の赤に気圧されまいと闘っているのだろう。ぼくも、下腹に力を込めた。

「夏だからな。スイカなら納得できたが」

「あらまあ」

校長が眉を顰めた。

「やっぱり苺は駄目だったかしらねえ」

校長が動くたびにフリルが揺れ、赤が揺れる。

目がちかちかしてきた。

「ブラウスもスカートもイタリア製なんやけどねえ。きれいな色でしょ。一目で気に入ってしもうて」

ほほほと校長は笑った。

イタリアの赤はすごい。破壊力、半端じゃない。さすがにルネッサンスの起こった国だけのことはある。それにしても、あのブラウスを着ている校長（日本人）もすごいが、作った人（イタリア人？）もすごいし、売った人（日本人？）もすごい。

みんな、何もかもすごい。

「あの、お取込み中、失礼いたしますが」

秋本がおずおずと口を挟んできた。

「わたくし、秋本貴史、約三カ月ぶりにかえって参りました」

「お帰り」

ぼくは軽く会釈をした。

「へ？　それだけか？　冷たすぎるで、歩」

秋本が苦笑する。

名前を伸ばすなと言おうとして、秋本が名前を伸ばしていないと気が付いた。

秋本らしくない。

苦笑を浮かべるのも、まともに名前を呼ぶのも、何のびっくりもどっきりもなく現れるのも、秋本らしくない。みんなの夢の中の、ぼくの夢の中の秋本の方がずっと秋本らしい。

高原がすっと前に出た。

「お帰り、秋本」

笑みながら手を差し出す。

「おう。ただいまや、高原」

秋本がその手を強く握った。

「貴ちゃん」

メグが背中を叩く。びしゃっと音が聞こえるほどの強さだ。

「痛っ。相変わらずの力やなあ、メグ」

「もう、アホ。何で知らせてくれんかったんよ。ほんまに、メール一つもくれんと。面倒くさがりも大概にしとき」

半泣きになりながら、びしゃびしゃ打ち続ける。

メグは剛力だ。一トンぐらいの岩なら軽々と持ち上げる……わけはないが、傾斜角30度の坂道を米俵（ぼくは一度も見たことがない）五俵を積んだ荷車で上るぐらいはできる（だろう）。

「いてっ。やめろって。痛い。悪かったって。連絡しないで悪かった。けど、おれもいろいろ忙しかったんや。いろいろあって、連絡でけんかったんや。面倒やったからやないで」

秋本が悲鳴をあげる。しかし、逃げようとはしなかった。打たれるままにしている。

「そうよ、萩本さん。許してやってや」

紅色校長、じゃない、佐伯校長がメグに微笑む。

「うちの兄の入院や手術やあって、貴史……いえ、秋本くんも大変やったの。そこんとこ、わかってやってな」

「わかってるから悔しいんやないですか」

メグが校長を睨む。

校長が顎を引く。やや、たじたじとなっている様子だ。これだけの赤をものともせず向かっていくとは、メグは勇者だ。お姫さまじゃなくて闘う勇者だ。

「うちら日本にいて何にもできんかった……。けど、大変なときこそ連絡くれてもええんと違いますか。弱音吐いたり、愚痴零したりしてくれてええんやないですか。うち、ちゃんと聞くつもりやったのに……。何にもできんから、せめて、聞くぐらいはしようって思うてたのに……。貴ちゃん！」

「は、はい」

「『空港に今着いた。寒い』。アメリカから送ってきたメール、この一本だけやで」

「そ、そうだったか。いや、自由の女神像とのツーショット送るつもりやったけど、そんな時間もなかったんや。なにしろ、おふくろがアパートの隣の部屋の山下さんと一緒に、たこ焼き屋を初めて」

「山下さん？」

「たこ焼き？」

「どこの国の話だ？」

「有紗さん、元気かな」

これは、メグ、森口、高原、ぼくの順の発言だ。一応、並列してあるが三人はほぼ同時に発言した。ぼくは、有紗さんを思い出していた分、一呼吸遅れている。

「あ、山下さん、日系三世のおばちゃんなんや。来日したとき食べたたこ焼きの味が忘れられんて言うてて、それならと、おふくろが作ってん。たこ焼き器は持って行ってるし、粉や調味料も揃えてたから、わけなかった」

たこ焼き器、持って行ってたのか。元夫の手術に立ち会うにしては有紗さん、用意周到だ。慌ててないな。ぼくなら、せいぜいインスタント味噌汁とレンジでチンのご飯パック止まりだ。たこ焼き器までは頭が回らなかった。

「そしたら、それが評判になってな。毎週末、たこ焼きパーティーや。緑山さんも、鈴木さんも、二堀さんも、劉さんも、陳さんも、アランも、ロジャーも、キャシーも、ハン・ヨンさんも、チョキルさんも、アバルさんも、みんな集まってきてなあ」

「……国際色豊かやね」

「さすがアメリカやわ」

「というか、いったい何をしにアメリカに行ったんや」

「有紗さん、どこに行ってもパワフルだなあ」

発言順は前と同じです。

「で、地元の祭りで、有志でたこ焼きの屋台を出したんや。もちろん、おれも手伝うたで。ずっと、ネギを刻んでた」

「地元の祭りってのがあるんだ」

「あるで。毎週末、あちこちであった」

「さすがアメリカやわ」

「アメリカでなくても、祭りぐらいあるんとちがう」

これは、森口、秋本、森口、メグの順です。

「まあ、そんなこんなわけで、おかんのやつ、もしかしたらアメリカでたこ焼き屋を開業するのもいいかも、何て考え始めたんやな。人間、調子のええときは欲が出るもんや」

「秋本……親父さんは……」

高原が躊躇いがちに尋ねる。

そうだよな。渡米目的が微妙に違ってきているぞ。微妙じゃなく違ってきているぞ。

「それが、親父も乗り気になってな。手術が成功してリハビリ中やったんやけど、おふくろに、資金援助するからアメリカでたこ焼き屋を開かんかって提案したらしい。まあ、親父にしたら、罪滅ぼしのつもりもあったんやないかな」

「その通りよ。兄さん『有紗には申し訳ないことをしてしまったから、できる限り償いたい』って言うてたの」

校長がため息を吐いた。赤いフリルが震える。金魚の尾鰭みたいだ。スカートの模様、苺じゃなくて金魚の方がよかったかも。

「でも、義姉さんは断った。『なんでもお金で解決しようとする。ちっとも変わってない』って、怒っちゃってねえ……。兄さんたら、援助を申し出た直ぐ後に」

ここで、再びため息。フリル、震える。

「義姉さんにプロポーズしたんやて。『再婚、しよう』って。アホやろ。金と引き換えに結婚しようって言うてるようなもんやないの。しかも『再婚、しよう』やて。『してください』でも『考えてください』でもなくて、『しよう』やで。横柄やわぁ。そりゃ、義姉さん、頭にくるわな」

三度、ため息。フリル、震える。今気が付いたが、校長の肺活量、相当なものだ。扇風機の中風ぐらいの勢いはある。

「で、おふくろ、リハビリ中の親父を置いて、さっさと日本に戻ってきたってわけや。たこ焼き器一式、山下さんにあげてな。まあ、親父も猛省せなあかんし、性格直さなあかんし、リハビリもうちょいがんばらなあかんしで、丁度良かったんやないんかな。おふくろが傍におると、甘えるというか威張りたくなるというか我儘ばっかになってたから。最初の内こそは『有紗さん、有紗さん』て、下手に出とったけど一月もせん間に『おい』になっとったもんな。おれにも、自分の跡継ぎになれとか男は金を稼いでなんぼやとか、男の甲斐性は収入で決まるとか、いつの時代？　って言いたくなるような暴言妄言がずらずら出てきて、こりゃあかんて思うた」

「将来、漫才やるなんて絶対に認めてくれへんタイプやな」

メグも息を吐いた。こちらは微風かな。

「認めてもらう必要もないけどな」

秋本が肩を竦める。

大人っぽい。

何だか人生の甘いも辛いも酸っぱいも、苦いも程よい出汁かげんも全て知り尽くしているように見えた。

差を感じる。

ぼくと秋本との間は、また開いてしまったのだろうか。秋本は大人の階段を着実に上り、ぼくは踊り場で佇んだままだ。

漫才、できないかも。

ふっと思う。

対等でないと漫才なんてできない。少なくとも、ぼくはできない。したくないじゃなくて、できないのだ。

秋本にくっついて、教えられて、助けてもらって、支えられて……そんな一方的な関係なんて嫌だ。絶対に嫌だ。

ぼくは対等でありたい。対等でありたい……。

対等でいられないのは、秋本のせいじゃない。ぼくがふがいないからだ。踊り場からまだ、動けずにいる。

「秋本、じゃあ『おたやん』は、間もなく再開?」

森口の双眸が輝いた。

「おう。これから、プチリフォームして大掃除して、来週からはオープンできるかな。オープン最初の三日間は豚玉半額サービスするらしいで」

「きゃっ、『おたやん』のお好み焼き、また食べられる。嬉しい」

森口の双眸はさらに輝きを増す。眸の中に、熱々の豚玉が映っているようだ。

「掃除、手伝いに行く」

メグが手を挙げた。頬が上気している。

「あ、うちも」

「じゃあ、おれも」

森口と高原も手を挙げる。

「友ちゃんや蓮田にも連絡せなあかんわ」

「あ、蓮田にはおれがする」

「みんな、すまんなあ。帰ってきたそうそう世話になって」

「他人行儀なこと言わんといて。『おたやん』再開は、うちらにとっても最高のハッピーなんやから、な、メグ」

「そうそう、ハッピー、ハッピー」

メグは本当に嬉しげだった。全身から喜びが溢(あふ)れ、生き生きとした光に包まれているみたいだ。少なくとも、ぼくにはその光が見えた。

秋本じゃなければ、こんな風にメグを輝かせられない。みんなを高揚させられない。

秋本が立てた指を左右に振った。

「NO、ハッピーNO。Happy、OK」

「ふふん、ちょっとアメリカに行っとったぐらいで生意気やないの。高原くん、勝負したって」

森口が腰に手を当てた。

「いや、Happyなのに勝負しなくていいと思うぞ」

「Yes、Happy。ばんざーいや」

「何で、後半が日本語なんよ」

「じゃあ、補習も英語だけは大丈夫やねえ。よかったわ」

校長がほほと笑った。秋本の動きが止まる。

「補習？」

「アメリカに行く前に言うたでしょ。高校を休学するんやから、帰ってきたら一学期分をみっちり補習するて。まあ、今年は、夏休みはないと覚悟しとき」

「そ、そんな叔母ちゃん」

「校長先生。ここでは私情は挟まんからね」

「そんな。お情けを。お、叔母ちゃーん。せっかくの夏休みが潰れるなんて酷や。おれの青春、返してくれ」

「大丈夫。我が校最強の講師陣を用意してあげる。むろん。プライベートでも、わたしがみっちり鍛えてあげるわ。義姉さんからも頼まれてるんよ」

「大丈夫やない。そんなん、嫌や」

秋本が本気で悲鳴をあげた。

窓の外を、燕が過る。

その飛翔を目で追って、ぼくは軽く瞼を閉じた。

## 4　これまでとこれから

スマホが鳴いた。

鳴ったではなく鳴いたと感じたのだ。

ベッドから起き上がり、鳴き続けるスマホを手に取る。

「……はい」

「あ、おれ」

「はい、どちらさまでしょうか。こちらは、湊市立湊家畜保健センターですが」

「歩、悪ぃ。今は、ちょっと真面目に話したいんやけどな」

秋本の声が耳に滑り込んでくる。久しぶりなのに、何の違和感もなく馴染んでくる。

この数か月、逢わなかった時間が一息に消えてしまう。

ほんと厄介なやつだ。

「なんだよ」

ぼくは不機嫌な口調で答えた。わざとじゃない。自分でも驚いた。ぼくはなぜ、こんなにも苛立(いらだ)っているのだろう。

「おれに、何か用事があるのか」

「大あり」

「じゃ、手短に話せ。二分以内。ハイ、スタート」

「ハナシタイコト　アリ。オジャマシテ　イイカ」

「ダメヨ。クルナ」

「歩。頼むって。おれ、真面目に言うて」

「おれが行く」

「え？」

「おれが行くから。今、『おたやん』か」

「あ……うん」

「じゃ、今から行く。待ってろ」

「はい、待ってます」

「じゃあな」

「あっ」

「何だよ。まだ、あるのか」

「時間が一分と三秒も余ってるで。もったいないなくないか」

「冷蔵庫に入れて、三日以内に何とかしろ」

秋本が何か言う前に、スマホを切る。それをポケットに仕舞い、部屋を出る。

「あら、歩。どうしたの」

リビングでくつろいでいた母さんが振り向き、目を細めた。

「秋本のところに行ってくる」

「ああ、そういえば秋本さん、アメリカから帰って来たのよね。『おたやん』来週には再開するんでしょ」

「え、どうして、それを」

母さんは笑いながら、テーブルの上のスマホを指差した。

「LINEを使いこなしてるのは若者だけじゃないからね。来週はみんなで開店準備の手伝いに行こうって話してるの」

「みんなって……」

「仲間よ。多々良さんでしょ、うちの管理人の大野さんでしょ、商店街婦人部の八木(やぎ)さんと羽田(はだ)さん、『ことぶき餡(あん)』の若奥さんの三瀬さんと……」

一瞬閉じた眼裏にブロードウェイの某ホール（健康ランドの宴会場かもしれない）の光景が浮かんだ。二階席のおばさん軍団がアップで迫ってくる。

「母さん、まさかとは思うけど、その仲間って……」

「ええ……『勝手にロミジュリを応援する会』のメンバーなの」

母さんが肩を窄めた。口も窄めた。ちょっと後ろめたいという表情になる。

「『歩くんをあゆちゃんと呼んで応援する会』から発展したのよ。メンバーも増えちゃってね。『おたやん』が再開したら、一月に一度、定例会を持とうって話になってるのよ。秋には紅葉狩りにも行きたいし、日帰り温泉なんかもいいなあって」

「それ、ほとんどレクリエーションだよな」

「あら、ほんとね。痛いとこ突いてこないでよ」

母さんが自分の胸を軽く叩く。

ああ、そうなんだと、ぼくは頷きそうになった。

そうなんだ。母さんもこの街に、この暮らしに根を張って生きているんだ。根っこは少しずつ、長く太くなっているんだ。

そうか、そうなんだ。誰かに出逢って、何かと出逢って変わっていくのは十代だけの特権じゃないんだ。

夫と娘を失った母さんの傷が癒えてしまうことは、ない。引き攣れとなって残り、一生疼き続ける。でも、ときには忘れられるようになった。忘れて、笑えるようになった。

息を吸う。

気道を空気がするすると滑り落ちる。

「歩」

「うん？」

「よかったね。秋本くんが帰ってきて」

「どうかな」

ぼくは首を傾げ、母さんに背を向けた。

『おたやん』が明るい。

電灯がついているのだ。

暖簾は出ていなかったけれど、路上には明かりが漏れて、暮れたばかりの白い道を照らしていた。

『おたやん』が明るい。

たったそれだけの事実に泣きそうになる。

奥歯を嚙みしめ、ドアに手を掛けようとしたとたん、かなりの勢いで勝手に横に開いた。

おお、すげえ。自動ドアか。

と、ぼくは驚きも感嘆もしなかった。秋本が前を塞ぐように立っていたからだ。

「あ、どうも、いらっしゃいませ」

「はい。おじゃまいたします」

「ご遠慮なく。むさ苦しいところですが、お入りください」

「ほんとに、むさ苦しいお住まいですね」

「ははは、なかなかおっしゃいますな、瀬田さん」

「このくらい言わないと、あなたには通用しませんからなあ、秋本さん。ははは」

秋本がすっと身体を回す。ぼくは『おたやん』の中に入った。

むさ苦しくはなかった。

店の隅に荷物や食器が積み上げられてはいるが、ほぼきれいに片付いている。懐かしい。懐かしい『おたやん』の光景だ。当たり前だけど、ほとんど何も変わっていない。光景が変わってしまうほど長い時間、ここから離れていたわけではない。ほんの数か月だ。でも、なぜか懐かしい。昔の思い出と巡り会ったかのようだ。

「おばさんは？」

「挨拶回りに行ってる。お得意さんとか仕入先とか。とっくに帰ってきとってええ時間なんやけどなあ。きっと、行った先々で土産話をしてるんやろ。アメリカ風たこ焼きパーティーとか、な」

「そうか」

カウンターの上に雑巾とバケツが置いてあった。雑巾は力いっぱい絞られたのか、ほとんど棒状になっている。

ぼくはその雑巾を広げ、きっちり二つに折り畳んだ。

「掃除、手伝う」

「あ……ええよ、そんな」

「どこを拭けばいい」

「歩。あのな」

「どこを拭いたらいいか、聞いてんだよ」

声を荒げていた。どうして、こんな物言いをするのか自分でもわからない。なんだか、無性に腹が立つ。

腹が立つ……。ぼくは、どうしてこんなに怒っているのだろう。

カウンターを力を込めて、拭く。微かにソースの匂いがした。

カウンターの後はスツールだ。茶色い（ソース色？）カバー部分をこれも力いっぱいこする。

「萩本の言う通りだ」

こすりながら、ぼくは言った。

「おまえには常識ってものがない。どんな理由があっても、メール一本送ってこないなんて非常識だ。おれたちを何だと思ってんだ」

「うん……」

「しかも、何の連絡もないまま突然、帰ってきて。馬鹿じゃねえの」

「うん」

秋本が素直に頷く。それにも、苛立ちが募る。

ぼくは苛立ち、腹を立てている。

秋本がろくに連絡も寄越さないままひょっこり帰ってきたからだ。メグを心配させたからだ。怒りの理由にはなるだろう、十分に。でも……それだけじゃない。そんなことじゃない。

ぼくは多分、焦っているのだ。

秋本がまた階段を一つ、先に上ったようで、横に並びたいのに後ろからしか追いかけられなくて（前からだと待ち伏せになるもんな。追いかけるってたいてい後ろからだよな）、それが悔しい。悔しくて、焦る。悔しい、焦るって言えなくて、それで腹を立てているんだ。

としたら、秋本にじゃなく自分に？

「あのな、歩」

秋本を遮り、ぼくはまくし立てる。

「さらにしかも、何だ、あの芸のない登場の仕方は。恥を知れ。人体解剖図は無理でも、人体模型なら何とかなったはずだぞ。なんてったって三次元なんだからな。ブロードウェイの舞台って設定はさすがに無理でも、アルマジロの着ぐるみなら努力すればやれたんじゃないかよ。それを、フツーに出てきやがって。ほんと、恥ずかしい。おれは白けちゃって物を言う気もなくなった」

「歩。後半部分がまったく理解不能なんやけど。理科室やったから、人体模型云々（うんぬん）はわかる。けど、アルマジロとブロードウェイの舞台設定の関係が謎や。意味がわからん。それに、おまえ、白けてたんやのうて驚いてたんやないんか。叔母（おば）ちゃん……校長の格好に度肝を抜かれたって様子がありありと」

「喝！」

「ひえっ、す、すんません」

「言い訳など見苦しいだけだ。恥の上塗りだぞ、秋鮭」

「秋本です。お、おれ、別に言い訳してるわけやないで。ほんまに意味がわからんから尋ねただけなんや」

「あほたれ。この程度の謎解きができなくて何とする。すっかり、アメリカかぶれしやがって大和魂をどこに置き忘れた。今こそ、日本男児の心意気を鬼畜米英に見せつけてやるときだ」

「あ、歩。時代が違うで、時代が。カンペキ、戦前やぞ。そのままやったら、戦争に突入してまうぞ。帰ってこい。Ｃｏｍｅ ｂａｃｋ、Ｃｏｍｅ ｂａｃｋ Ａｙｕｍｕ」

ぼくは雑巾を秋本めがけて投げつけた。雑巾は秋本の肩にあたり、ペチョッと情けない音を立てて床に落ちる。

「簡単にごまかされないからな。おれはいいさ。別に、おまえから連絡なんかなくても、痛くも痒くもないからな。けど、萩本は……萩本は待ってたんじゃないかよ。おまえからの連絡をずっと待ってたんだぞ。萩本は言わなかったけど、おまえ、ろくに返信もしなかったんだろうが。それが、萩本にとってどれくらい辛いことか、考えたのかよ。そんなんだから、アルマジロになるんじゃないか。わかってんのか」

「まるで、わかりません。アルマジロ、わかりません」

「アルマジロなんて、どうでもいい。アルマジロを出してきても、ごまかされないからな」

「いや……おれ、何にも出してないで。アルマジロ、出してきたの歩やないのか」

「秋山、反省！」

「秋本です。反省します。うん……わかってるんや。おれ、薄情やったなってちゃんとわかっとる。メグが心配してくれてるのも、よう、わかってた」

秋本が俯く。

ふん、そんな殊勝な振りをしても無駄だ。おまえが本気で反省するまで、おれは責め続けるぞ。そして、攻め続ける。覚悟しろよ。白旗揚げても容赦しないからな。お許しくださいと縋っても足蹴にしちゃうからな。

「怖かったんや」

ぼそっと、秋本が呟いた。

「え？　何だって」

「歩、おれ、おまえが怖かったんや」

「おれが、怖い？」

確かに今のぼくは鬼かもしれない。容赦しないぞ、足蹴にするぞだから、鬼と呼ばれても致し方ない。しかし、今、鬼になったばっかだから。鬼一年生。ぴかぴかの新鬼だから。昔は、単なる優しいけれど優柔不断の人間だったはずだ。存在感薄いと言われたことはあっても怖れられた経験はない。

「だってな」

秋本は、ぼくが拭いたばかりのスツールに腰を下ろし、ため息を吐いた。

「メグと連絡とるやろ。メグでなくても、高原でも伸彦でもええんやけど、湊の誰かと連絡とったら……やっぱ、歩に繋がるやないか」

「は？」

「今日こんなことがあった、明日はこんなことするって……そういう話してたら、その中に絶対におまえの名前が出てくるやろ」

「そりゃあまあ……そうかもな。森口とは同じクラスだし」

「そしたら、逢いたくなるやんか」

「え……あの、あ、秋本」

「おれ、正直、自信がなかったんや。歩のこと考えたら、むっちゃ淋しくなってどうしようもなくなるってわかっとったから……。親父、手術後は生きるか死ぬかって状態やったし、おかんも憔悴しとったし……けど、そんな親をほっぽり出しても、日本に帰りたくなるってわかってたんや。だから、もう、全部shut outするしかなかったんや。歩のこと、ちらっとも考えんようにするしかなかったんや。だから、誰にも連絡せんかった」

秋本がさらに項垂れる。

「おれ……淋しかった。歩に逢いたかった」

「え、ちょっと待てよ」

慌てる。戸惑う。怒りも、苛立ちも、焦りも掻き消えてしまう。

「なんだよ、その情けない告白は」

「情けないって自分でもわかってる。けど、本音やから、しゃーないやろ。ここで、見栄はっても意味ないし」

見栄ぐらいはれよ。

ストレートに淋しいとか、逢いたかったとか告るな。

おまえ。ずるいぞ。大人っぽくなったくせに、急にこんなガキンチョみたいな告白、ずるいの極致じゃないか。

　ぐすっと、洟をすすり上げる音がした。

やばい。泣いている秋本が妙に哀れにもかわいくも見える。庇護欲を掻き立てられる。やばい。これは、やばい。何とかしなくちゃ。

「秋本……泣くな。ほら、涙、拭けよ」

「歩」

「いいから、遠慮しなくていいから拭けよ」

「これ、雑巾やないか」

「うん。さっき、おれがぶつけたやつ。安心しろ。たっぷり汚れてるからな」

「わーん、あゆむ～」

　勢いよく、秋本が飛びついてきた。力いっぱい、抱き締められる。

「逢いたかった、逢いたかったよぅ～。あゆむ～」

「くっ、苦しい。放せ、放せ。名前を伸ばすな」

「どっちを先にしたらええ」

「放せ。ともかく、この手を放せ」

「それは、できません。やっと捕まえたんやもん。うふふ。さあ、どう料理しようかなあ。むふふのふ」

「やめろ。おれは具材か」

「そうそう。旬の新鮮な具材でえす。煮ても焼いても美味しそう。むふふふふ、もう、このまま生で頂いちゃおうかなあ」

「そういう安易な食べ方は止めろ、下拵えをちゃんとするんだ。手抜きをすれば、せっかくの旬の味がだいなしになるぞ」

「え？　下の拵え？　なんちゅう大胆な発言を」

「そっちに話を持っていくなって。ともかく放せ。うわっ、マジで苦しい。マジで死ぬ。マジで放せ」

「話と言うのは他でもないんやけど」

「誰が話せと言った。手を放すんだよ、手を」

秋本の腕がほんの少し緩んだ。

「歩」

「何だよ。もっと本気で放せ。鬱陶しいぞ、秋本」

「背、伸びたんやな」

「あ、気が付いてくれた？　そうなんだ。高校に入学したとたん、めきめきって感じで、三センチも伸びたんだ。へへへ、このままだと、来年には、おまえより高くなってるかもねえ」

「偶然やな。おれも三センチ、伸びた」

「え……」

それって、つまり差は縮まってないということか。

「うーん、やっぱりええなあ。歩との掛け合い、最高や。懐かしすぎて涙が出てくる。涙が出てきてわくわくする」

「掛け合いじゃないだろう。おまえが勝手にハグしてるだけじゃないか。放せ、もういいから、放せ。放してくれたら、優しく涙を拭いてやるぞ」

「雑巾でやろ。その手に乗るかい」

ぼくはじたばたと手足を動かした。でも、秋本の腕から逃げられない。ちょっと疲れてきた。

このじたばた感覚、久しぶりだ。ぼくは、ほっとする。秋本は哀れでもかわいらしくもなかった。三センチ背が伸びてはいるが、まるまる全部秋本貴史だ。

「あー、懐かしいな。ずうっと、これ、やりたかったんや」

秋本が満足げに息を吐く。

確かに懐かしい。懐かしいけれど、今までのパターンからすると、そろそろこのあたりで……。

『おたやん』の戸が跳ねるような勢いで開く。

「ちょっと、何やってんの」

メグの声が響く。

おお、まさにいつものパターンだ。すごいぞ、メグ。ぴったしのタイミングだ。

「瀬田くん、すぐに貴ちゃんを放しなさい。どういうつもりなん」

は？　は？　ははははのは？

「萩本、どこに目が付いてる。どう見ても、捕まってるのはおれだろうが」

メグの後ろから、森口が顔を出す。満面の笑みだ。

「ほんまやで、メグ。瀬田くん、完全に囚われのお姫さま状態やないの。な、ここはそっとしとこう。見て見ぬ振りしながら見てよう」

「京美、何わけのわからんこと言うてるの」

「だって、おもしろそうやもの。愛と恋とエロが始まりそうやわ。秋本、がんばれ。そのまま、瀬田くんを押し倒せ」

「押し倒したいのは山々なんやけどな。おまえらがおると、さすがにちょっと……」

「ええやん。うちらのことは気にせんかて、ええで」

「そういうわけにもいかんやろ。おお、蓮田、篠原、久しぶり」

蓮田と篠原が森口の後ろで手を振っていた。高原もいる。

「貴史が帰って来たって聞いたんで、みんなで覗きに来たんやけど、相変わらずやなあ。よう、瀬田。元気にしてるか」

蓮田が笑いかけてくる。

「元気に見えるか」

「むっちゃ元気に見えるで。さっきLINEしたんやけど一足先に来とったんやな。で、早速、稽古してんのか」

「何の稽古だ。これが何の稽古だと言える？　言えるものなら言ってみろ」

「『ロミジュリ』の漫才」

事も無げに蓮田は言った。

「え、コントやないの」

篠原が蓮田を見上げた。

「ああ、そっちか。けど、おれは反対やな。『ロミジュリ』はコントでなくて、飽くまで漫才界の頂点を極めるべきや。な、高原」

高原が眼鏡を押さえる。

「そうやな。けど異種格闘技ってのもあるからな。異なる世界を知ることで、さらに強くなる可能性も否定できん」

「否定しろ。全て否定だ。おれは漫才もコントもやってない。秋本、いいかげんにしろよ。手を放さないなら、おれは一生、おまえを無視するからな」

「ええっ、そんな殺生な。やっと、帰って来たのに」

「殺生も胡椒もあるか。無視してやる。完全無視してやる。どこにもいない者のように扱ってやる。話しかけてきても、知らん振りしてやる。覚悟しとけ」

「わ、わかった。わかったから」

秋本から解放され、ぼくは少しふらついた。

「あゆむ〜。大丈夫か」

「近づくな。一メートル以内に近づくな。名前を伸ばすな」

「そんな殺生な」

「殺生も和尚もない。いいな、これ以上」

「きゃあ」

裏口の方向から、けたたましい鳴き声が聞こえた。ぼくのスマホではない。ぼくのスマホは「きゃあ」なんて鳴かない。

「きゃあ、きゃあ、あゆちゃ～ん」

有紗さんが、きゃあきゃあ言いながら駆け寄って来た。

逃げる暇などなかった。

ぼくは有紗さんに抱き着かれ、ぎゅうぎゅう締め上げられていた。

「あゆちゃ～ん、元気やった。まあ、かわいい。相変わらずのすべすべほっぺやねえ。プリーズ　キス　ミー」

「うわぁ、やだ。助けて。秋本、何とかしてくれ」

「助けてやりたいんやけど、一メートル以内に近づけないし、おれも辛いんや」

「許す。一メートル以内、許す。だから、助けてくれ。わあ、おばさん、ほっぺたにキスしないで。やだよう」

「あら、ほっぺは駄目なん。そしたら、唇に」

「ぎゃあっ」

「おかん、あかん。歩が失神寸前や。マジで放せって」

「そうは言われても、これにはいろいろ事情があってなあ。話すと長くなるけど、そもそも今日の昼前にな」

「誰が話せと言うてる。手を放すんや」

篠原が噴き出した。蓮田も横を向いて、笑いをかみ殺している。

「『ロミジュリ』、復活やね」

森口がにっと笑う。不気味だ。

「てことは、おれたちも忙しくなるな」

高原がふふっと笑う。不気味ではないが、狡猾そうに見える。高原は森口と付き合いだしてから、実にいろんな表情を見せるようになった。人間って、本当に一筋縄ではいかない生き物だとしみじみ、つくづく思う。

「ほんまやわ。『チーム・ザ・ロミジュリ』活動再開や。じゃっ、手始めに、掃除を手伝おうか」

森口は腕まくりして、もう一度、にっと笑った。これは、あまり不気味ではない。むしろ、かわいい方かも。高原の目尻がそれとわかるほど、垂れた。

「ありがとな。助かるわ。まだ鉄板に火を入れてないから、お好み焼きは無理やけど、豚汁ぐらいはご馳走するで」

有紗さんが片目を閉じた。ぼくに向かってキスを投げてくる。

「じゃあ、うち、台所手伝う」

メグが持参したエプロンを着ける。水色のストライプだ。

「うちはテーブル拭くな」

篠原がやはり持参したエプロンを着ける。黄色いチェックだ。

「ほな、うちは食器でも片付けるわ」

森口……割烹着なのか。現役女子高校生が白の割烹着なのか。

よく似合っているところが不気味だ。

## 5　ぼくたちの行方

『おたやん』の再開は三日後だそうだ。定休日が木曜なのも、営業時間が十時から十三時と十六時から二十一時なのも変わらずらしい。

　小一時間働いた後、有紗さんが豚汁を振舞ってくれた。夕食をたっぷり食べてきたはずなのに、舌が蕩けるほど美味かった。

「みんな、ちょっと見てもらいたいもんがあるんや」

　ぼくが二杯目の豚汁を平らげたのを見届け、秋本が切り出した。いや、豚汁二杯目は関係ないだろう。秋本といると、どうしてこう自意識過剰になるのか。何だか、身体の輪郭がくっきりしてきて、ぼく自身がぼくの存在を強く認識してしまうのだ。

「なんや」

　すでに三杯目に突入していた蓮田が箸を動かしながら、視線だけ秋本に向けた。

「これや」

秋本は背中から丸まった筒状の物を取り出した。

なぜ、そんなところからそんなものが出てくるのか。誰も突っ込まない。ぼくも鍋から豚汁をよそう振りをしながら（振りじゃなかった。三杯目、いただきます）黙っている。

嫌な予感がする。豚汁は美味いが、嫌な予感はする。豚汁の味と嫌な予感は別だ。ああ、この世が豚汁の美味しさだけに包まれていればいいのに。

「真っ白やで」

篠原が首を傾げた。

篠原はぽっちゃりしている。色も白い。だから、ほんわりの上にもほんわりしている。もこもこの白いセーターのようだ。顔を埋めると仄かに石鹸の香りがするような。色が黒くて、顎も耳の形も性格の一部も尖っている蓮田が、篠原に恋したのは当然の当然に思われた。まるで雰囲気が違うから、すごくぴったりの感じがする。

篠原といると蓮田がとてもかっこよく、幸せそうに見えるのだ。

「貴ちゃん、それ、裏やで。瀬田くん」

メグが呼んだ。いつもなら、ちょっと胸がときめくところだが嫌な予感の重圧から か、ぼくの気持ちは適正体重をはるかに超えてしまい、医師から強制ダイエットを告げられた中年男よろしく、沈みこそすれ弾むことはなかった。

「何だよ」

「ここ、瀬田くんが突っ込むとこやないの」

「いや、いいよ。萩本、好きなようにやってくれ」

「何か投げやりやね。せっかく、貴ちゃんが帰って来たのに」

「帰って来たから投げやりになってんだよ」

「あっ、ポスター」

森口が叫んだ。

嫌な予感が急上昇する。

「おお、漫才甲子園か」

高原の声がひと際大きくなった。

おそるおそる、横を向く。秋本は胸を張ってポスターを掲げていた。青空を背景にブレザー姿の美男美女が微笑んでいる。美男はどこか遠くを指差し、美女は両手を胸の上で合わせている。何かを拝んでいるみたいだ。その二人の上に赤い文字で、『目指せ　第一回　漫才甲子園』その横にやや小さく『新たな若人の祭典へGO』とある。うわぁ、センスの欠片(かけら)もないポスターだ。今時、若人の祭典だなんて文句が通用するのか。竈将軍に匹敵する古臭さだ。蛇足だけど、竈将軍とは家の中で権力をふるい威張り散らす者（だいたいはその家の主人を指す）のことらしい。何でこんな言葉を知ってるんだろう。自分でも不思議だ。晩安！　に匹敵する不思議さではないか。まるまる蛇足ですみません。

「これ、今年の八月末に大阪のいちゃもんホールで開催されるんだ」

いちゃもんホールって正式名称か。あまりのネーミングだ。

「それに出場するつもりなんか」

蓮田が箸を置いて、尋ねた。

「そうや」

秋本が胸を張る。

「ただ、八月第一週の日曜日に地区予選があって、それを突破せな、出場権は手に入らん」

「まあ、そうだろうな。痩せても枯れても甲子園。そんなに簡単に出場切符は手に入らんで、当然だ」

高原がハンカチで口元を拭う。

当然じゃないだろう。甲子園、関係ないだろう。

「地区予選、どこであんの」

森口が身を乗り出す。獲物の匂いを嗅ぎ当てた猟犬の如く、眼つきが険しくなる。

「美砂海岸健康ランドや」

「きゃあ」とメグが叫んだ。篠原に抱き着く。そこに、森口も加わる。三人とも、しばらく「きゃあきゃあ」騒いでいた。女の人って年齢に関係なく、「きゃあ」が好きなんだなあ。

「すごい。これでうちらの計画、カンペキやん」

と、森口。

「ほんまやわ。美砂で泳いだ後、『ロミジュリ』の温泉……じゃなくて応援すればええんやもんね」

と、メグ。明らかに海と温泉がメインの口振りだ。

「嬉しいねえ。何や楽しくなってきた。やっぱり『ロミジュリ』。みんなを幸せにしてくれるんよねえ」

と、篠原。「みんなを幸せにしてくれる」。このフレーズに心臓がどくんと脈打った。

そんなこと、できるだろうか。誰かを幸せにする力がぼくの中にあるだろうか。

卑小で弱く、惑ってばかりのぼくの中に、そんな力が宿っているだろうか。

信じ切れない。

ぼくはまだ、自分自身を信じ切れないままだ。

「けど、予選まであと一月もないやないか。大丈夫かよ。ああ、美味い。おれ、もう一杯、食っちまうぞ。篠原、おかわりするか？」

「うん。半分ほどちょうだい」

蓮田は慣れた手つきで、篠原の椀に豚汁をよそった。

「大丈夫にせなあかん。時間がないなんて言うてられへん」

秋本が口元をきりりと引き締める。

「今週中にはネタをまとめて、ライブをやりながら、練り直す。ちょっと厳しいけど、これぐらい乗り越えられんと甲子園は無理やと……歩。どこに行くんや、あゆむ～」

秋本がぼくの腕を掴んだ。がしっという音が聞こえた気がした。ついに、幻聴の症状まで現れたか。

「か、帰るんだ。おれ、帰るんだ。だから放せ。放せってば」

「昔々、あるところにスキンヘッドのおじいさんがおりました」

「昔話を話すんじゃない。手を放すんだよ」

「そのネタ、ちょっとインパクト、弱いな」

高原が微かにかぶりを振った。

「瀬田、スキンヘッドのおじいさんの部分にもっと拘ったらどうや」

「そうそう。『禿げてるだけや、ないんかい』みたいな突っ込みやね」

森口がしたり顔で頷いた。

「それ、ちょっとありきたり」

メグが眉を顰める。

「下手したら、禿げ頭の人を笑い者にしとるみたいに取られるで。人の身体のことを笑うの品がないわ。軽く、触れるぐらいでええんとちがう」

「そうやねえ。やっぱ『ロミジュリ』には、あんまり下品な漫才してほしくないもんねえ。これ、うちの個人的な気持ちなんやけど」

篠原が柔らかな笑みを浮かべる。

「けど、下品ってのは破壊力に繋がるぞ。つまり、お行儀のいい建前だらけの世界を笑い飛ばす力や。素直だったり、誠実だったり、従順だったりだけの世界、その息苦しさに風穴をあけるためには、上品な漫才なんて役に立たんのやないか」

高原の一言一言に、みんな真剣な面持ちで相槌を打っている。

「素直とか誠実とか従順とか、あかんことなん」

森口が尋ねた。不安げに眉を寄せている。

「そんなん言われたら、うち、困るわ」

なぜ、おまえが困る？　誠実はさておいて、素直とも従順とも無縁だろう、森口。

カピバラとレースのリボンくらい縁が無いだろう。

「それ自体は美徳だ。けど、それを強要されるのはおかしいやろ。絶対に素直で誠実で従順でなければならないみたいなこと押し付けられてみ、息が詰まるで。それでなくとも、おれら酸素不足なんや。簡単に窒息死、してまうで」

ぼくは身を捩って、高原の顔を見詰めた。

酸素不足。窒息死。

腹を上にして浮かぶ金魚の姿が、脳裡を過る。

高原は楽しそうに見えた。実際、楽しいのだと思う。森口が傍にいて、楽しいのだと思う。でも、その楽しさと同じくらい息苦しさも覚えているのだろうか。楽しい一時一時を糧にして、その息苦しさと闘っているのだろうか。

ぼくにはわからない。

「けど、人の身体のことを笑うのは下品や。誰かを傷つける下品や。そんな下品は、『ロミジュリ』には相応しゅうない」

篠原が珍しく言い張った。

篠原は、昔からぽっちゃり体形で、そのことを執拗にからかわれた時期があった。本気で死にたいと思うほど、深く傷つけられた。平気で他人を貶める、下品で卑怯なやつはどこにでもいる。高原が首肯した。

「うん。篠原の言うこと、ようわかるで。要するに、秋本と瀬田の笑いがどっちを向いとるかやないんか」

「そうやね。何でもかんでも適当に笑っとけじゃ、あかんわ」

メグはそれだけ言うと、人参を口の中に放り込んだ。

「笑われても、馬鹿にされても何にも言えんような人を、弱い人を笑うたりしたらあかんのよ。な、友ちゃん」

「うん」

篠原がふっと身体の力を抜いた。ほわほわ感が強くなる。蓮田が目を細めた。細めた目の縁がほんのりと色づいている。

「みんな、深いなあ。ベリーディープや。すごいわ」

「高原、秋本の英語の使い方、正しいのか」

「瀬田。こまかいことに拘るんやない。おまえの力で全てをいい意味の下品でパワフルな笑いに変えろ」

「あ、無理。てか、お笑い自体が無理だから」

ぼくは言下に拒んだ。

「ともかく、時間との勝負や。秋本の言うように、実戦で鍛えていくしかないで」

「高原、おれを無視するな。無理だって言ってんだろう」

「つまり。ライブやな。よし、『ロミジュリ』、ばんばんライブ活動広げていくぞ。手始めは」

秋本が手帳を広げ始めた。

みんなも一斉に手帳と筆記用具を取り出す。意外にアナログだ。いやそんなことより、急に雰囲気、変わっちゃったぞ。と、目をやった豚汁の鍋(なべ)は、きれいに空になっていた。

「じゃあ、ここからは『ロミジュリ』の具体的な活動について確認、提案のための会議とします。わたくし森口の司会で進めさせていただきますが、よろしいですね」

「異議なし」

拍手が起こる。

「異議あるぞ。ありまくりだ。どうして会議になる。おれは掃除を手伝って、豚汁を食べてただけだ」

「ご承認、ありがとうございます。では、秋本くん、手始めはの続きをお願いします」

「はい。手始めは、来週の土曜日に市立病院、フリースペースでの、定例ライブを復活いたします。翌、日曜日は湊大通り商店街のイベントに参加する予定です。時間はどちらも十三時から約三十分」

みんなが一斉に手帳に書き付けていく。ぼくは、そっとスマホの予定表を探った。

「議長、質問、いいですか」

高原が手を挙げた。議長なんだ。司会じゃなくて議長なんだ。

「はい、高原くん発言してください」

「そのライブはほぼ確定なんですか」

「秋本くん、答えてください」

「市立病院は確定です。多々良看護師長から直に依頼がありました。商店街はまだ、正式な依頼はありません」

「うち、確かめます」

メグが胸を張る。

『ロミジュリ』のチーフマネジャーやります。これからは、スケジュール管理も含めて、全てやります。ライブ等の申し込みの窓口もします。SNS、使ってばんばん宣伝するわ。資産運用についてもやってみます。高原くん。手伝うてな」

「任せとけ。そんなん簡単や」

チーフマネジャー？　一人しかいないのに、チーフって必要か？　それに運用する資産なんて、どこにある？

あっ、でもメグがマネジャーしてくれるのか。それ、ちょっと心惹かれます。

「メグくん、今日の予定は」

「はい、社長。○○が○○で、××の△です」

「うむ。きみは実に有能な秘書だな」

「ありがとうございます。社長に褒めていただけて幸せです。あ、どうしたのかしら、涙が出てきちゃった」

駄目だ。この妄想、前にもやった。却下、却下。

「あの……うち実は、『ロミジュリ』のための曲を作りました。蓮田くんのギターとうちのピアノ合わせてみて、来週には披露できるようにします」

篠原がおずおずと、しかし、微笑みながら告げた。またまた拍手。

「じゃあ、おれ、『ロミジュリ通信』みたいなホームページ作ってみよか。デジタル関連の授業で今、やってんねん」

　これは、蓮田の発言。当然、拍手が起こる。

「みんな、ほんまおおきに。やっぱ、一番の問題はネタをどこまで磨ききれるかやな。地区大会では三本の新ネタが必要なんや。本大会だと四本になる。がんばらなあかんな、歩」

「いや……一番の問題は他にあると思う」

「え、あゆむ～。この期に及んで、まだイヤイヤか。みんながこんなに真剣に関わってくれてるんやで。おれらは一枚岩となって、やり抜かんとあかんやろ」

「おれじゃなくて、おまえの問題」

ぼくは、スマホのカレンダー画面を秋本に突きつけた。

「おまえ七月いっぱい、ずっと補習入ってるぞ。しかも、各学科の進度確認テストってのが、七月三十、三十一日に入ってる。これを受けないと、留年の可能性が出てくる。健康ランドどころじゃないだろう。名前を伸ばすな」

「えええええっ、えええええっのえええええっ。オーマイガー！」

「悪いな、みんな。こういう事情だから。『ロミジュリ』の活動、まだ当分休止だからな。ははは、秋本、補習&テスト、がんばれ」

　スマホを仕舞い、冷やかに告げる。

「わわわわわ、ど、どないしよう。こうなったら、叔母ちゃんに頼み込んで何とかしてもらうしかないで」

「権力の私物化だ。そんなやつに、庶民の文化、漫才がやれるか」

「け、けど、あゆむ〜。そしたら、どうしたらええんや」

「諦めろ。それしかない。名前を伸ばすな」

「そんな殺生な。ここまで盛り上がってきたのに」

「殺生も根性もない」

　ぼくは冷やかな上にも冷やかな笑みを浮かべた。

「いや、根性があれば何とかなるかも」

　高原が秋本を見据える。

「秋本、おれが付き合うてやる。毎晩、勉強会や。それで、校長に事情を説明して、テストの日程を二日ほど早めてもらえ」

「高原、ほんまか」

「おう。全教科付き合う。そのかわり、きついぞ。甲子園地区予選の準備をして、ライブをこなして、試験勉強や。途中棄権なんてするなや」

「もちろん。どんな厳しい修業だって、ついていきます。コーチ、よろしくお願いします」

「よし、その意気や。早速、明日（あした）から始めるぞ」

「え……」

「嫌なんか」

「とんでもない。やります。時差ボケも何のその。漫才のためやったら命かけます。歩、じゃあ、勉強会の前にネタ合わせやろうや」

「え……あ、うん」

頷（うなず）いていた。

この空気、この騒がしさ、このリズム。

ああ、ほんとに秋本が帰って来たんだ。

二人で漫才……やれるんだ。

「衣装はどうすんの」

メグがちらっとぼくを見やった。

「瀬田くん、またジュリエットになる？　それなら、ドレスを調達せなあかんし」

「あほか。ドレスなんて着るかよ。絶対のＮＧ」

「ほな、かぐや姫にする。貸衣装屋さんに頼んでみようか」

「商店街の貸衣装屋に十二単が置いてあるとは、思えないね。置いてあっても、着る気はないけどな」

「もう、我がままやなあ。じゃあ、乙姫？」

「おれ、潜水できないから。深海で生活できないから」

森口が薄く笑った。不気味だ。

「メグ、やっぱ美女と野獣バージョンやないの。だとしたら、ディ●ニー的に、ベルは黄色いドレスよなあ」

「おまえら、発想を姫から離れさせろ。おれは女装なんか絶対しないからな」

「浴衣がええんとちがう」

篠原がふっと笑う。清らかだ。

「夏祭りのときの『ロミジュリ』格好よかったもの」

「浴衣か……。まあ、それならいいかもな」

「よし、決まった。メグ、友ちゃん、今、閃いたんやけどな。あのな……てのはどうやろ」

「ふんふん。わっ、それおもろいな。けど、メグはええの」

「ええよ。公私混同したらあかんもの。けどそれならもっと思い切って……を……にしよう」

「ええね、最高。やっぱり……は……やものな」

女三人は、顔を寄せ合ってくすくす笑っている。

楽しそうだが、不気味だ。

「なあ、気になるライバルとかおらんのか」

蓮田が名残おしそうに鍋底を見ながら、問うてきた。

「ライバル？　漫才やからな、他のコンビはあんまり関係ないな」

「そうか。あのな」

蓮田はスマホを秋本に突き出した。

「今、こいつらYouTubeで、ちょっと話題になっとる」

画面には二人の少年が映っていた。

一八〇センチはゆうにありそうな長身と、いかにもか弱そうな細身の二人だ。

「『きのこ汁』って名前のコンビや。ちょっと、おまえらに雰囲気、似てるやろ。漫才はおまえらほどキレがないけど、どんとツボに入るときがあるんや。それに、こんだけでこぼこやと、見てるだけで笑える」

　秋本は食い入るように画面を見ていた。ぼくも、覗き込む。

　胸の奥が微かに疼いた。なぜだろう？

「蓮田。この二人、高校生か」

「衛藤学園高校の一年生らしいで。隣の市の私学やな」

　衛藤学園。隣の市では有名な進学校だ。

　秋本が唸った。

「高校生か。とすると……」

「ああ、漫才甲子園地区予選に出場してくる可能性は、大きい」

「なるほど。侮れんな。ふふ、いいとも受けて立つ」

「秋本、受けて立たなくていいから。おれたちチャンピオンでも横綱でもメダリストでもないんだからな。謙虚になれ謙虚に」

「ケンキョ、キョキョキョキョキョ、ホーホケキョ」

「意味の通らない鳴き真似しなくていい」

　ぼくはもう一度、画面に目をやる。でこぼこコンビの動きを追いながら、ついつい自分たちの漫才と比べてしまう。

どうだろう？　独特の雰囲気はありそうだ。

顔を上げる。秋本と視線が絡む。どうしてだか、ぼくは息を吐いていた。

「歩、歩」

教室の出入り口で、秋本がぼくを呼ぶ。

正確には、湊第一高校一年三組の教室、後方部ドアから、招き猫よろしくおいでおいでと右手を動かしている。あと十分ちょっとで昼休みが終わろうかという時刻だった。

「何だよ」

ぼくはちょっと用心しながら、近づいていった。

秋本が嬉し気に目を細めていたからだ。こいつのこんな表情が、ぼくにとって吉兆であったためしはない。

「これな、市立病院でのライブの台本。昨夜、考えてみたんや。目を通しといてくれ。気になるとことかあったら、ばんばん直してくれや」

「……やっぱり、ライブ復活するんだ」

「当たり前やないか。多々良さんを筆頭に熱いラブ・コールが沸きあがってんやぞ。

間欠泉なみや」

「それって、忘れたころに噴き出すって意味か」

「勢いがすげえぞって意味や、なんや、あまり乗り気やないんか」

「ライブそのものに乗り気じゃない」

「まあ、そのやる気のなさが歩のキャラやからな。けっこう、けっこう、ええ感じや。むふふのふ」

何がけっこうだ。いい感じだ。まったく、どこまでも神経の図太いやつだ。だいたい、いきなりライブはきついだろう。もう少し練習してからの方がいいと思う。

ぼくは、だから……漫才をするのが嫌なんじゃなくて（認めたくないけど）、準備不足に不安を覚えるのだ。秋本みたいに、とにかく現場だ！　みたいな度胸はない。

「秋本、時間がなくて焦るのはわかるが、おれとしてはもうちょっと……」

「あ、それとこれがメグがまとめてくれた、この先のスケジュール。十月にＳ市の梅園女子学園高校と吉柳女子大学からライブの申し込みがあったそうや。ＳＮＳの効果って、ほんますげえな」

「女子学園、女子大学」

思わず生唾を呑み込んだ。

知ってるよ。知ってるよ。どちらも、百年以上の歴史のある女子高校と女子大学だ。つまり、十代、二十代の女性たちがライブ会場を埋め尽くし……。

「湊市一丁目の老人会と四丁目の消防団からも依頼が来てる。これは九月やな」

「九月はいい。まだ残暑厳しい折だから無理はしない方がいい。九月は無視して、十月だ。涼やかな十月にがんばろう。えいえい、おー」

「あ、うん……。えいえい、おー……」

「じゃ、その線で進めてくれ。十月、えいえい、おーだぞ。あ、台本ちゃんと読んでおくから。じゃあな」

秋本が首を捻りながら去って行く。ぼくは席に戻り、台本じゃなくてスケジュール表に、まずは目を通した。

蓮田のホームページはまだ完成していないが、メグたちがかなり積極的に情報を拡散しているようだ。

みんな、はりきっている。みんな、秋本が帰って来るのを待っていた。『ロミジュリ』が復活するのを待っていた。

おそらく、ぼくも待っていた。

「瀬田くん」

遠慮がちに声をかけられる。

「ごめん、ちょっとええ？」

「あ、うん」

同じクラスの、古賀(こが)さんだった。下の名前は知らない。陸上部に所属しているとかで、色黒で、その黒さが凜々(りり)しさを感じさせる人だ。

「今の、四組の秋本貴史くんよな」

古賀さんは、すらりと秋本のフルネームを口にした。

「そうだけど」

「秋本くんて、アメリカ留学から帰国したばかりなんやろ」

留学じゃなかったと思う。通っていたのも日本人学校で、ほとんど英語を使わなかったと聞いたけど……。

「瀬田くん、秋本くんと『チーム・ロメジュリ』って漫才コンビ、組んでるって、ほんま？」

「いや、『チーム・ロメジュリ』じゃなくて、ただの『ロメジュリ』いや『ロミジュリ』なんだけどな」

「すごいっ。瀬田くん、漫才なんてやれるの」

「う、まあ……まだ漫才モドキみたいになっちゃうけど……」

「おれ、知ってるで」

横の席から、神尾が不意に口を挟んできた。神尾は下の名前もちゃんと知っている。神尾幸久だ。きっと幸せが永久に続くようにって名付けられたんだろうなあ。がっしりした体躯をしているけれど、美術部だった。日に焼けたわけではなく、地肌の色なんだろうけれど、古賀さんに負けず劣らず色黒だ。

「商店街の夏祭りで『ロミジュリ』の漫才、見たで」

ぎょえっと叫びそうになった。

「な、な、何で。み、湊市は神尾じゃ、な、ないだろう。いや、ちがう。神尾は湊市に住んでるわけじゃないよな」

「おれは、一本松原町だけど。瀬田、何でそんなに慌ててんだ」

「いや、だってあの漫才は、いや、漫才にもなってなくて……」

「おもろかったで」

にっ。神尾が笑う。

「おれ、親父が湊市の出身なんや。それで、夏は祖母ちゃんの家に遊びに行くんやけど。たまたま夏祭りがあるって言われてな。中学生にもなって夏祭りかぁって思うたけどな、同じ中学生が漫才するって聞いて、おもしろそうやから出かけたんや」

何で出かけるんだよ。夏祭りかぁのところで、止めといてくれればよかったのに。

「ぼーっとしてる瀬田に相方……秋本だっけ？　あいつが慌てまくって、笑えた。笑えた。あれ、よかったよな」

そこで、神尾は軽く咳払いしていった。

「おもしろいわけないだろ……」

「え？　あ、やっぱり、おもしろくなかったんだ。当然だよな」

「ちがうって。瀬田の台詞。アンコールで出てきたのに、ほとんど、しゃべらなくて、で、ぼそっと『おもしろいわけないだろ……』だもんな。秋本、ひっくり返りそうになってたやないか。瀬田はほとんど無表情なのに、秋本の様子がころころ変わって、おもろかったで。マジ、笑うたし」

「何や、聞いてるだけで楽しゅうなるね」

古賀さんがくすくす笑う。歯の白さが際立った。

「瀬田くんたちの漫才、どこに行ったら見られる？」

「いや、どことといって特別には……」

「事務局があります」

突然、きりきり引き締まった標準語が響いた。

そうだった。このクラスには森口京美がいたんだ。

「そちらのホームページが間もなく出来上がります。そこに、『ロミジュリ』の向こう三カ月間の予定をアップしますので、そちらで確認できます」

「ホームページまであるの？　すごいやん」

「そうやろ。古賀さん、応援してな。今に『ロミジュリ』のファンクラブもできるかもしれへん。そうなったら、入会してな」

「うん。ええねえ。おもしろそう」

「うわっ、ありがとう。よかった。今のままやったらファンクラブの会員、平均年齢がちょっと高めになりそうなんや。引き下げるためにも、もう、絶対、入ってな。かなりの特典がつくから」

古賀さんと森口はやけに盛り上がっている。ちょっと高めの平均年齢って具体的に幾つなんだ。聞きたいけど、怖くて聞けない。

「おれも見に行く」

神尾が呟いた。

「おれ、また、おまえらの漫才で笑いたいわ」

ふっと短く息を吐く。

「おれな、実は祖母ちゃんとこに一週間ほど預けられとったんや。親父といろいろあって……マジで殴って、前歯折ったりしたもんやから……。しばらく、家から離れておけって、おかんが……」

「あ……」

こういうとき、気の利いた受け答えがぼくはまったくできない。聞こえなかった振りもできないし、聞き流すこともできない。

「毎日、おもしろうなくて。むしゃくしゃして。けど、祖母ちゃんに八つ当たりとかしたらあかんやろ。ジョンやミケに当たるわけにもいかんしなあ」

「あ、う、うん、お祖母さんのとこ犬も猫もいるんだ」

「二匹とも亀や」

「あ、亀ね」

お祖母さんの命名センス、なかなかのものだ。それに亀に八つ当たりするのって、かなりハードルが高い気がする。

「もう、何やもやもやが溜まりっぱなしで、爆発するーってときに、おまえらの漫才で大笑いさせてもろうた。そしたら、すっきりした」

本当にすっきりした顔で、神尾がまたにっと笑う。

「すっきりしたら冷静になれてな。それで何が変わったわけやないけど……。また、すぐにもやもやは溜まるんやけど、でも、もやもやしてもすっきりできるってことがわかっただけでも……あれ、おれ何を言うてんかな。悪ぃ。瀬田。マジで語ってしもうた」

「いや、ありがとう」

「お礼？　何で？」

「うーん、何でかな。何となく……かなあ」

神尾が瞬きする。

「あはっ、瀬田ってまんまなんだな」

「うん？」

「素で漫才してるって感じや、おもろいわ。おれ、マジで応援しとうなった。絶対にまた、見に行くからがんばれや」

「いやあ……。がんばらなくちゃいけないのは、秋本の方なんだ。なにしろ、特別補習とテストがぎっしりなんだ。結果出さないと、留年らしい」

「そりゃあ、きついな」

「人生もおもしろくないし、甘くないってことだ」

あはははと神尾が笑った。

「瀬田はおもろいで。特別におもろいわ」

特別。

その言葉に鼓動が速くなった。

秋本に言われた。

だから、おまえは普通やない。

おれにとっては、特別なんや。

特別。その他大勢に紛れ込まない、一括りにされてしまわない存在。ぼくは、平凡で不器用で特技も秀でた能力もない。それでも、特別なのだ。この世にたった一人のぼくという存在を、秋本は〝特別〟という一言で表現してくれた。

「秋本に補習とテストがんばれって、伝えといてくれ」

「うん、伝えとく」

ぼくが返事をした直後、昼休み終了のチャイムが鳴った。

秋本はがんばった。

それは、認めざるを得ない。

夏休み前から補習、台本執筆、漫才の練習、ライブの出演。そして高原との地獄の勉強特訓。寝る暇とか、あまりなかったんじゃないかなあ。ぼくは毎晩、七時間睡眠はきっちり取っていたが。

「眠いんです。ほんま、毎日、きついんです」

事情を打ち明け、秋本はぐすんと洟を鳴らした。

「毎日、教科書を開くなんて、今までの人生にはなかったもんなあ」

「なかったのか。おれたち高校生なのに、教科書開いたことなかったのか」

「そうなんや。教科書って開いて使うもんやったんやな。今まで知らんかったで。鯵の干物と同じなんやな」

「干物、違うだろう。まるで違う。火に炙ったら、教科書、たいてい燃えちゃうぞ」

ここで、ささやかな拍手が起こった。笑い声も混ざる。

ぼくたちは、市立病院のフリースペースで漫才をしている。

「なあ、おまえ、今まで教科書、どうやって使ってたんだ」

「そりゃあ、こう二つ合わせて」

「ふむふむ」

「花瓶敷にしちゃったのぉ。教科書、花瓶敷ぃ」

「下が駄目なら上や。頭に載せて、バランス感覚を鍛えたり」

「教科書でバランス感覚鍛えるの、たぶん、おまえだけ」

スペースには三十人ぐらいの観客が集まってくれた。そういえば、秋本がアメリカに渡る前、最後に漫才したのもここだった。

あのとき、笑ってくれたのに、今はもうこの世にいない人たちがいる。人は儚い。でも人は笑う。どんな人でも笑う。

今のぼくは、それを知っている。

ふっと視線を感じた。

観客の視線とはまったく別のものだ。柔らかく、曖昧ではない。ちくりと突き刺さってくる。

誰かが見ている。

観客としてではなく……、してではなく、何だろう。

「あゆむ、あゆむ、あ〜ゆ〜む〜く〜ん」

秋本が腕を引っ張る。

「何だよ。名前を伸ばすな」

「いや、あなた、今ぼーっとしてませんでした？」

「してたけど。それが何か？」

「いや、いやいやいやや。今、漫才やってるんで。ぼーっとせんといてください。つーか、何で漫才の最中にぼーっとする？」

「飽きた」

「は？」

「もう、飽きた」

「あの東北地方北西部に位置し、東に奥羽山脈、中央に出羽山地十和田八幡平国立公園のある秋田か」

「やけに物知りだな」

「教科書開いた成果です。因みに今話題の秋田犬は天然記念物です」

「秋田県も秋田犬も関係ないから。おれ、漫才に飽きたから。ということで、今日はこれで上がらせてもらいます。お先に」

「はい、お疲れさまでした。明日は早番でお願いします。て、待て。待て。ちょっと待て。帰るな。帰っちゃあかんやろ」

「でも、おれ、飽きちゃったから……。それに疲れたし、気分いまいち盛り上がんないし、面倒臭いし……。やっぱり帰る」

「ひええっ、帰らんでくれ。頼むから、もうちょっとここにいてくれ。いてくれるだけでええから。あゆむ〜は何にもせんでええから」

「何をする気も起こんない。名前、伸ばすなって」

秋本がすがりついてくる。

拍手と笑いが起こった。さっきより、大きい。

拍手と笑いがぼくの動悸を鎮めてくれる。

気道が広がって、息が滑らかに通っていく。

実は、ものすごく緊張していた。自分がものすごく緊張していると理解できないぐらい緊張していた。

その緊張が、笑い声と拍手に少しずつ融けて流れていく。秋本との呼吸を忘れていなかった。ちゃんとよみがえってくる。

悔しいけれど、ぼくはほっとしていた。そして。ちょっぴり嬉しかった。

「おもしろかった、おもしろかった。久々の『ロミジュリ』の漫才、楽しませてもろうたわあ」

多々良さんが、にこにこしながらペットボトルのお茶と水羊羹をテーブルに並べてくれた。水羊羹は『ことぶき餡』のものだった。

ナースセンター横の控室は、ほどよく冷房が効いている。

「『ロミジュリ』が帰ってくるの、楽しみにしてた人たちがもういないのは……、残念やけどねえ」

多々良さんの口調が心持重くなる。

観客の中に、スゲさんも森江さんもいなかった。池内さんの姿もなかった。スゲさんと森江さんが亡くなったことは、ライブの前に聞いた。漫才好きで、秋本と師弟関係で結ばれていた（かどうかは怪しい）栗原さんも、もうこの世にはいない。

みんな、ぼくのルームメイトだった。たった一日だけ、ぼくがこの病院の三〇一号室に入院したときのルームメイトだ。誰も、すごい年寄りだった。でも、一人一人がおもしろくて、楽しくて、哀しかった。〝年寄り〟とか〝高齢者〟とか、一言で括ってしまえば見えなくなってしまうけれど、スゲさんとか森江さんとか栗原さんとか名前を知って一人一人を知ってしまうと、もう〝年寄り〟でも〝高齢者〟でもなくなる。スゲさんはスゲさん、森江さんは森江さん、栗原さんは栗原さんだ（秋本にとっては師匠かもしれない）。ここでも、人としての輪郭がくっきりしてくるのだ。

今、笑ってくれたのはスゲさんと池内さんだ。

今、励ましてくれているのは森江さんだ。

今、駄目だししているのは栗原さんだ。

そんな風に確かな手応えとなる。

だから、淋しい。もう逢えないのは淋しい。一人一人の最期に心を馳せてしまう。

「あ、湿っぽい話になったら、あかんよね。せっかく、笑わせてもろうたのに。そうそう若い人には水羊羹よりこっちの方がええかな」

水羊羹の横にチーズケーキまで現れた。

「あ、すみません」

ぼくと秋本は同時に頭を下げる。多々良さんが、きゃはっと妙に可愛らしい笑い方をした。

「もう、お礼のタイミングまでぴったりやないの。さすがに『ロミジュリ』、すごいわぁ。すごい、すごい」

全然すごくないとは思ったけれど、あえて言い返しもせずぼくは、チーズケーキを頬張った。

美味い！　と、声を上げそうになった。

「なあ、歩くん、秋むにゃむにゃくん。二人にお願いがあるの」

多々良さんがぼくに向かって身を乗り出してきた。

「秋本です。看護師長、おれの名前、忘れてましたね」

「あ、いや……そういうわけやないんよ。誤解せんといて。何かね、急にむにゃむにゃって言いたい気分になったの。それだけ。秋本くんの名前を忘れたりするもんですか。ねえ、歩くん」

「いや、こっちに振られても困りますけど……。忘れても、失くしてもまったく差し支えないとしか言えません」

「あるわい。ものすごい差し支え、あるから。秋むにゃむにゃとか秋ほにゃららとか呼ばれて、返事ができるか？」

「するしないには個人差があるんじゃないか」

「個人差の問題か？　それでいいのか。瀬田むにゃむにゃくんでいいのか」

「他人の名前をむにゃむにゃ呼ぶな。失礼だぞ。あ、多々良さん、このチーズケーキ、むちゃくちゃ美味しいです」

「ほんと？　よかった。まだ、あるで。食べて、食べて。たくさん食べて。水羊羹はお母さんに持って帰ってあげたらええわ」

「そうします。母の大好物なんで」

「歩くんて、ほんと優しいねえ。うちの息子とは大違いやわ」

「多々良くん、元気にしてますか」

「おかげさまでねえ。ほんと、まだまだ反抗期から抜け出してなくて、うんざりすることもあるけどねえ。この前の母の日なんて、プレゼントの一つもないから『あんた、親孝行する気がないの』て言うたら、何て返事したと思う」

「さあ……」

「『生きてるだけで、親孝行。贅沢言うたらきりがない』やて。もう、腹が立って頭からバケツ、被せたろかて本気で考えたわ」

「あはははは」

「笑いごとやないで」

秋本が遠慮がちに、ぼくの肩を叩く。

「あの、おそれいりますが、こっちを無視して世間話するの止めてもらえます。孤独感と疎外感が押し寄せてくるんですけど」

きゃっきゃっと多々良さんはまた、可愛らしい笑い方をした。その笑いをひっこめ、真顔になると再び、ぼくの方に身を乗り出してきた。

「それでな、さっきの続きなんやけどお願いがあるの」

「それは、おれと歩にですよね」

「もちろん『ロミジュリ』によ」

「そのわりには、歩だけを見てませんか、看護師長」

「そんなことないけどぉ。でも、せっかくやったら目の保養がしたいやないの。ほんま相変わらず可愛いねえ、歩くんは。むふふ。見ていて飽きないわあ。むふふ」

多々良さんの指がひらひらと動く。どんな意味があるのか理解できなかったが、突然に有紗(ありさ)さんの強引な抱擁がよみがえってきた。ぼくは慌てて多々良さんを促す。

「な、何でしょうか。お願いって」

「そうそう。あのな、今度、六階でライブ、やってもらえないかな」

「六階？」

「緩和病棟なんやけどね」

秋本と顔を見合わせる。

「つまり、延命治療より苦痛の緩和を主にするとこなの。末期患者の心身の苦痛をできる限り取り除き、残された時間を充実させて、心静かに死に臨めるようにする。箇単に言うたらそういうところやね。痛い、苦しい、辛(つら)い、怖いじゃなくて、『今まで生きてこられて、よかった』とか『いい人生だったな』とか感じながら最期を迎えてもらえるようにお手伝いするところとも、言えるかな」

ぼくをちらっと見て、多々良さんは肩を窄(すぼ)めた。

「池内さんも、そこにおるの」

「え、池内さん、他の病院に移ったんじゃ」

「うん。でも、また戻ってきたの。やっぱり、ここがええって……。ここやったら、また『ロミジュリ』のライブが見られるって思うたんと違うかしら」

そうじゃないだろう。池内さんがここを最期の場所に選んだのは、もっと別のいろんな理由があったはずだ。でも、でも、その中のほんの僅(わず)かな部分でも『ロミジュリ』が関わっていたら、嬉(うれ)しい。誇らしい。

「緩和病棟の患者さんやからこそ、笑(わろ)うてもらいたいの。笑うて、笑うて、笑うてもらいたい。笑うてると、そのときだけでも嫌なことも淋しいのも、みんな吹っ飛ぶやろ。だから、ぜひ、ライブお願いしたいんよ」

「む、無理です」

ぼくは即座にかぶりを振った。

無理だ。余命を限られた人たちを相手に、漫才なんて無理だ。

「おれたちには重すぎます」

責任が重すぎて潰(つぶ)れてしまう。とても、支え切れない。

「うーん、無理かぁ」

多々良さんが腕組みをする。

中学の同級生の母親ではなく市立病院の看護師長の顔になる。

「考えてみます」

秋本が答えた。

「歩と二人で考えてみます。もうちょっとだけ待ってください」

看護師長の表情が緩んだ。

「ほんま、考えてくれる。たのむな。あ、残ったケーキも持って帰り。一ホールある
から、遠慮せんとどうぞ」

四角い箱を秋本に押し付けて、多々良さんはにんまりと笑った。

「このケーキもな、緩和病棟のおやつなんよ。普通病棟の食事やったら、塩分とか脂
肪分とかきっちり管理せなあかんけど、そういうのなくて、ともかく美味しいものを
少量でも食べてもらおうって、な。三瀬さんがボランティアで作りにきてくれたん」

三瀬さん、水羊羹（みずようかん）じゃなくチーズケーキを作ったんだ。もしかしたら、『ことぶき餡（あん）』を洋菓子店にしたいとの野望を持っているのかもしれない。

「看護師長、緊急搬送です。お願いします」

ドアが開いて、小柄な看護師さんが飛び込んできた。

「わかった」

多々良さんは、ぼくらを一瞥（いちべつ）もせず廊下に走り出ていった。

# 6　気合と愛と漫才を

「何であんなこと言ったんだよ」

市立病院からの帰り道、バス停で秋本を詰った。

「考えてみるだなんて、安請け合いして。どうすんだ」

珍しく、秋本からすぐに反応がなかった。

蒸し暑い風が吹いてくる。

腋の下や背中に、じわりと汗が滲んできた。

バス停にはぼくたちの他に乗客はいなかった。

「歩は反対か」

ややあって、秋本がぼそっと呟いた。

「当たり前だ。緩和病棟で漫才だなんて無理に決まってる。少なくとも、おれにはできないから」

「なんでや」

「なんでって……そんなの重すぎるじゃないかよ」

「関係ないやろ」

「関係ない？」

バスが見えた。黄色と青色に塗り分けられたかなり派手な車体が近づいてくる。

「観客は観客やないか。女子高校でやろうが市立病院の六階でやろうが変わらへん」

「違うだろ。女子高と病院は明らかに違うだろ。いいか、女子高だぞ。観客全員が女子高校生だぞ。想像してみろ」

秋本の視線がうろつく。脳内では、アイドルのコンサートよろしく女子高校生たちの歓声が渦巻き、手を振る姿が大写しになっているのだろう。

そういうの、あり得ないからな。女子高校生は手強い。ちょっとやそっとじゃ騒ぎも喜びも笑いもしてくれない。

派手な車体のバスが止まった。ぼくたちは乗り込む。

座席に座り、秋本はチーズケーキの箱をそっと膝の上に載せた。

三瀬さんは、どんな気持ちでこのケーキを作ったのだろう。

「いや」

　秋本が首を横に振る。

「やっぱり、変わらへん。どんな観客だろうと、おれらは笑わすだけや。女子高校生も緩和病棟の患者も同じくらい手強い。おれが言わんかて、わかってると思うけどな、『歩くんをあゆちゃんと呼んで応援する会』略して『あゆ呼び会』のメンバーみたいに、何でもかんでも笑うてくれへんぞ」

「そっちに話を持っていくな。寒気がしてきた」

「ともかく、おれらに笑わせられる人がいるなら、どこでも出かけて誰でも笑わせたるんや。歩、笑いってめっちゃパワーなんや。おれら、そのパワーの源になれるんや。それ、すごくないか」

「女子高校生の笑いの源か……。そりゃあすごいけど」

「歩、女子高校生に拘り過ぎや」

　静かに死を受け入れようとする人たちの笑いの源になる。

　確かに、すごいことだけれど……。すごいことだからこそ、ぼくは臆する。死を意識しながら、笑いを届けたりできるだろうか。

「おれ、ほんまは怖かったんや」

　かたん。バスが揺れた。大きく右に回る。

「え？」

「親父のこと、すげえ怖かった。あ、親父が怖いわけやのうて、親父の最期を看取らなあかんのかて思うたら、逃げ出したいほど怖かった。覚悟していったつもりなのに、全然、覚悟できてなかった」

「秋本……」

「はっきり言うて、おれ、親父に何の感情もなかった。ずっと、おかんと二人やったし、今更、父親とか言われても……。でも、年取って病気になって、よれよれの親父を見たとき、かわいそうやなって思うた。同情ちゅうのか哀れみちゅうのか、そんな気持ちになって……この話、したっけ」

「アメリカに発つ前にな。けど、そのときは怖いなんて一言も言ってなかった」

「うん。ちょっと、なめてたんかな」

「親父さんのことをか」

「人が死ぬってことをや。手術が失敗して親父が死んでしもうたら、自分がどんな気持ちになるんかって、全然、わからんで……。見知らぬ赤の他人でもないし、家族でもない。怨んだり憎んだりもないけど、愛情もないし……。でも同情みたいな気持ちは自分でもびっくりするぐらい湧いてきて。助かって欲しいってマジでお稲荷さんに祈ってたわ。おかんも般若心経をめちゃくちゃ本気で唱えてた。おかげで、まあ、何とか手術は成功したけどな」

「……おかげじゃないと思う」

アメリカで般若心経って、あんまり御利益ないんじゃないだろうか。まして、お稲荷さんは駄目だろうなあ。完全にアウトだ。やっぱり、日本国内限定だろう。

「でも、親父がだんだん元気になって、死から遠ざかっていったらな、同情なんてちっともなくなって……、でも、やっぱり怨んだり憎んだりでもなくて……。自分の気持ちがわからんのって怖いんやな。自分の中に確かなものとか信じられるものが一つもないって気持ちになって……。なんや、ふわふわして……うん、もう二度と元には戻れんように思えて、それが怖くてどうしようもなかった」

秋本の言っていることの半分は理解できた。半分だけだ。父親に対する秋本の揺れ方は、正直、わからない。でも、恐怖はわかる。がらんどうの自分は怖い。自分で自分のことがわからないのは、怖い。ぼくにも経験がある。

父さんと姉ちゃんが突然に逝ってしまったあの夏、ぼくは空っぽだった。人体解剖図そのままに内臓とか骨とか筋肉とかは、ちゃんとあるのに空っぽだった。

頼りない自分は、ちょっとした風にもさらわれてしまいそうだった。うん、そうだ。

確かに怖かった。

今は怖くない。

怖かったことさえ、忘れていた。

ぼくは空っぽではない。何かが詰まっている。まだまだ隙間はいっぱいあるけれど風にさらわれないぐらいの重さはあるだろう。

何が詰まっているのか。まだ、ちゃんとは説明できない。でも、秋本と一緒に笑って、焦って、怒って、喜んで、みんなに笑ってもらって……、ぼくは、今の重さを手に入れた。

「歩のおかげなんや」

ケーキの箱を膝に載せたまま、秋本は呟いた。

「歩のおかげで、怖いって気持ちと戦えた。おれが一番やりたいこと、欲しいものは何やって自分に問うて……そしたら、歩が出てきて答えてくれたんや。『おれだろ』って。すとんと気持ちの中に重石(おもし)ができた。自分が自分だって、やりたいこととか好きなこととか、ちゃんと見えてきた。そうや、おれ、日本に帰って歩と漫才するんやって、ちゃんと見えた」

「本人が承諾していないのに、勝手に出演させたんだな」

「すまん。やはり事務所を通すべきやったな」

「当然だ」

ぼくは、わざと鼻を鳴らした。

ふん、ふん、ふん。

「だいたい、おまえ、『おたやん』でおれのこと怖いって言ってたくせに、今度は、おれのおかげってか。矛盾だ。明らかに矛盾してる」

前の席に座っていた二人連れのおばさん……中年の女性が、スマホを操作しながらくすくすと笑った。

「内藤(ないとう)さん、すごいやん。スマホ、使いこなしてるねえ」

「そんなことないんよ。けど、便利は便利よなあ。たいしたもんやわ。特にこの子、ほんまによう役に立ってねえ。なんや、かわいくてしょうがないわ」

「リボンとか付けてやったら。色白やし似合うと思うで」

「そうやなあ。そこはうちに似たんかしら。鼻が上に向いてるのは、亭主に似てしもうたんやね。でも、それも愛嬌(あいきょう)やな」

「今年で幾つ?」

「たぶん、五歳ぐらいやないかな。娘が中学生の時に拾うてきたんやけど、猫の五歳って人間で言うたらどのくらいになるんやろ」

秋本が囁く。

「歩、あのおばさん……昔は若かったご婦人方は、何についてしゃべっとるんや。スマホか？　女の子か？　猫か？」

「おれに答えられるわけがないだろ。あまりに迷路チックな会話だ」

「で、おれたちの会話、どうする」

「どうするって」

「巻き戻すか」

「戻してくれ。おれの『明らかに矛盾してる』のところまでな」

キャハハハハ。やだ、アハハハハハ。

おばさん……そんなに若くない女の人たちの笑い声が響く。その声に負けず、秋本は続けた。

「だから、歩のことを考えるのが怖かったのも、歩のことを考えて怖さに耐えられたのも事実なんや」

秋本の口調は緩みがなく、ふざけても誤魔化してもいないことは十分、感じとれた。

胸の中が重いような、熱いような、くすぐったいような変てこな気分だ。秋本はいつも直球だ。真っ直ぐに〝自分の事実〟を告げてくる。あまりに真っ直ぐな者だから、ぼくは球を受け止めかねて、おたおたしてしまうのだ。

今もちょっとおたおたしている。でも、おたおたの底には、自分への誇らしさが潜んでいた。

そうか、おれ、そんな風に他人を支えることができたんだ。

「あの、だからな歩、おれは」

「もういいよ」

ぼくは立ち上がり、停車ボタンを押した。

赤紫のランプが点滅する。アナウンスが流れる。

「次、止まります。市立図書館前、市立図書館前です。お降りの方はご準備ください。なお、運賃箱横の精算機では千円以上の紙幣の両替はできません」

「あれ？ 降りるの、こことちがうで」

「いいんだよ。図書館前で」

バスが停車する。

「山坂（やまさか）さん、今日はありがとな。楽しかったわあ」

「ほんまや思いっきり身体を動かしたって感じやな。爽快（そうかい）、爽快」

「ピアノの伴奏がイマイチやったのが残念やけどな。せっかくの管楽器とのからみがぜんぜん、しゃんとせえへんかったでしょ」

「まあ、でも、手作りのケーキは美味しかったからね。料理教室、次は来月の三日やったよなあ」

おばさん……お年を召した女性二人もしゃべりながら、降りた。

「歩。あの人たちは何が楽しかったんや。スポーツか？　コンサートか？　料理教室か？」

「おれに答えを求めるな。二人が山坂さんと内藤さんだという以外すべて謎だ。まさに、異次元会話だ。忘れよう。その方がいい」

「だな。異次元に巻き込まれたら、二度と日常に帰ってこられんかもしれん。恐ろしい、恐ろしい。お狐さま、お守りください」

「狐に頼るな。行くぞ」

「行くって、どこに」

「図書館に決まってんだろ。あ、高原」

手を振る。高原が大振りのショルダーバッグを肩にかけて、近づいてきた。

「またせたな。じゃ、よろしく頼む」

「頼まれた」

「あ、チーズケーキもあるから。これ、三瀬さんの手作りだそうだ。すげえ美味いから、後で食ってくれ」

秋本の手からケーキの箱を取り上げ、高原に渡す。

「おっ、すげえやないか。脳を使うと甘味が欲しくなるもんな」

「あ、あの……。二人で何の話をしてるんや」

秋本がおずおずとぼくと高原を見てくる。

「決まってるだろ。おまえの勉強だ」

「べ、べ、勉強。こ、これから」

「当然だ。高原が今から図書館が閉まるまで付き合ってくれる。数学、生物、古典に世界史。よかったな、秋本。高原が連日、家庭教師になってくれるなんてありがたいことだぞ。お狐さまのご利益だ」

「で、でも、昨夜も十一時過ぎまで、びっしりと……」

「昨日は英文法と現国と漢文やないか。今日は、教科が違う。さ、行くぞ。閉館までとことんやろうや」

高原がにんまりと笑んだ。

高原は物事を教えるのが好きで、しかも上手い。ぼくも、時々、苦手な数学を教わったりする。昨日のＬＩＮＥでは、秋本はリアクションが大きいので楽しいとの連絡が入った。

「閉館て……、今から六時までやるのかよぅ」

「いや、七時までや。昨日から夏時間で一時間、遅くなってるで」

「ひえぇ～。あゆむ～、あまりに殺生やぁ」

「殺生も関白もない。がんばれ。でないと、甲子園地区予選に出場すらできなくなるぞ。ずうっと補習と追試の夏になるぞ。それでも、いいのか。名前を伸ばすな」

「いやですぅ～。甲子園、必ず行きますぅ～」

「けっこう。では、がんばれ」

高原に腕を引かれ、項垂れながら秋本が遠ざかっていく。

「秋本」

呼び止めると、何かを期待する潤んだ眸を向けてきた。

「おまえさ、視線を感じなかったか」

「視線？」

「病院でライブやってるとき。刺さって来るみたいな視線」

暫く考えて、秋本はかぶりを振る。

では、あれはぼくの思い込みだったのか。誰かの熱心な視線を棘と勘違いしたのか。

「歩、視線って言うのは」

「ああ、いいから。視線より勉学だ。七時までひたすら、勉強だ。高原、よろしくな。頼んだぞ。しっかりみっちり頼んだぞ」

「任せとけって。秋本、まずは幾何からや。ばんばんやるで」

高原が比喩ではなく舌なめずりした。

邪神の生贄になる乙女みたいに、秋本の顔が歪む。どうにも、乙女には見えないが、悲しげではある。

ぼくは秋本と高原に背を向け、歩き出す。

顔をゆっくり撫でてみた。

ここに感じたのは、ただの幻？

首を捻る。

蒸し暑い風が絡まってきた。

緩和病棟での漫才ライブ。さて、どうしようか。

考えながら、風の中を歩いていく。蝉の声が不意に、頭上から降り注いできた。

「だから、もう、ほんと大変なんや。毎日毎日、食前食後。ずっとずっと勉強してんで、おれ」

「ふーん」

「数学なんかもう悲劇。さっぱりわからへん」

「悲劇じゃなくて、おまえの頭の問題だな」

「じゃあな、あゆむ〜はわかるか。図形とか言って、丸とか三角とかに猫のヒゲみたいなのが生えてて、反比例とか正比例とかいって、ジェットコースターのレールみたいなのが、こうひゅーんと伸びてるんやぞ。恐ろしいやろ。おれ、もう、見ただけで鳥肌がたって、震えてしもうたわ」

「おれは、おまえの頭の中が怖い。名前を伸ばすな」

「怖いと言えば。この前、バスの中でな」

「話題、突然、変わっちゃうんだな。ついてけない。ついていかなくてもいいけど」

「ついてきてくれ。どんどん、突っ込んでくれ」

「いいよ、もう。おれ、疲れてるんだ。おまえのテンションについてけないから。ああ、一休みしたい。てか、休む。じゃあな」

「うん、またな。て……待て待て、どこに行くんや。あゆむ～。バスの話、聞いて。お願い、聞いてください」

「もう、とことん面倒くさいやつだな。バスがどうしたって？　名前伸ばすな」

「この前乗ったバスに、若いとはお世辞にも言えない、かなりの年月を生きてこられたと見受けるご婦人が二人、いたんや」

「おばさんが二人いたわけだな」

秋本が、この前の異次元会話を披露する（ちょっと脚色はしているが）。これは、受けた。

意外なほど、大きな笑い声が起こる。

市立病院六階、緩和病棟。フリースペース。そこは、ちょっとしたホテルのような趣があった。他の階のような清潔だけれど素っ気ない白壁や床ではなく、明るい緑の絨毯(じゅうたん)が敷かれ、窓にはレースのカーテンがかかっている。青磁の花瓶には、たっぷりと百合(ゆり)や薔薇(ばら)（とても精巧な造花だった）が活(い)けられていた。食器棚や本棚もイスもテーブルも、どっしりとしていかにも高級家具という雰囲気を醸し出していた。廊下も薄緑で、特殊な素材なのかほとんど物音がしない。静かで美しい場所だった。

そこに響く笑い声は、場違いなようにも異質なようにも感じられる。静かで美しい空気や光景を掻き乱すようだ。でも、力強くて、小気味いい。

観客（病院スタッフや患者さんの付き添いの人を入れて、三十五人）の半分は車イスだった。ストレッチャーに横たわったままの人も一人いた。車イスの患者の中には、池内さんもいた。信じられないほど痩せて、小さくなっていた。

池内さんは、ぼくがわからなかった。

「池内さん、ひさしぶり」

と声をかけたぼくをじいっと見詰めて、仄かに笑んだだけだった。それから横をむき、二度とぼくを見ようとしなかった。

「漫才、聞きたいて言うたのよ」

多々良さんが教えてくれた。

「『ロミジュリ』の漫才があるよって言うたら、見たいって。自分で起き上がってきたんよ。このところ調子が悪くて、ずっと寝てたのにな」

そうか、池内さん、『ロミジュリ』の漫才は覚えててくれたんだ。

ぼくは、池内さんの乾いて冷たい手を握った。

「池内さん、笑ってな」

スゲさんの、栗原さんの、森江さんの分も笑ってな。

池内さんは笑ってくれた。

一番前に陣取って、口を開けて笑ってくれた。秋本がおばさんの口真似をするところでは、拍手までしてくれた。楽しそうだった。

何だかもう、めちゃくちゃに最高だ。

ぼくは、振り切れるほど上昇するテンションを懸命に抑えた。抑えないと、秋本との呼吸が乱れる。秋本のアドリブを受けて、返せなくなる。

ちくっ。

頬のあたりが痛い。

また、あの視線だ。

素早く視線を巡らせてみる。

「どうも、ありがとうございましたぁ」

頭を下げた秋本が、腰を折ったままぼくの腕を引っ張った。

「歩、あゆむ、あゆむ～」

「何だよ。名前を伸ばすな」

「終わったから、『ありがとうございましたぁ』で終わったから。な、ここでお辞儀するところやから」

「あ、やっと、終わったんだ。これで休めるな。よかった。じゃあ、元気でな。図形も反比例も二次方程式もがんばれよ」

「違うって。挨拶（あいさつ）してくれって。『ありがとうございましたぁ』で一緒に頭下げて、な」

「やだ。面倒くさい」

「頭下げるだけやないか」

「男子たるもの、そう容易（たやす）く頭を下げられるものか」

「時代設定が違う。頼むから、二十一世紀の現役男子高校生に戻ってくれ」

「今日はみなさん、ありがとうございましたぁ」

深々と低頭する。

拍手が起こった。「いいぞ」とか「また、来てな」の声も交じる。

秋本を残して、ぼくはさっさとフリースペースを出ていった。

「え？　あれ？　ちょっと待って。おれ一人、残していかんといてくれ。あゆむ～」

秋本が半分本気で慌てている。ぼくが出ていくのは想定外だったらしい。それにしても、名前の伸ばし方が長すぎるな。ちょっとしつこい。反省点としておこう。

ぼくは、足を速めた。

エレベーターホールで、背の高い白衣の男に追いつく。

「あの……ちょっと」

ぼくは曖昧に男を呼び止めた。

男が振り向く。

口元も眼元もきりりと引き締まった、意志の強そうな顔立ちだ。

「あの、もしかしたら……『きのこ汁』の？」

高原が見せてくれたスマホの画面、そこに映っていた一人だ。

「一応、医者に化けてたつもりやったが……ばれた？」

男が白衣をひらっと振る。

「うん。悪いけどばればれだったみたいだな。看護師さんたちも首を捻ってた」

「……そうか。完璧なつもりだったが、見破られたか、残念だ」

「ごめん。あまり、似合ってなくて。しかも、その聴診器……もろに、玩具だよな」

男が首から下げたピンクの聴診器を指差す。

「本物が手に入らんかったんや。妹の『まこちゃんの病院セット』から借りてきた。

因みにまこちゃんとは、今、妹がはまりにはまっている人形のシリーズで、花屋さんとパン屋さんと美容室と病院のバージョンがある。来月には、レストランバージョンが発売されるそうや」

「丁寧な説明、ありがとう」

「どういたしまして」

「歩、あゆむ、あゆむ〜」

秋本が駆け付けてきた。息を弾ませている。これは駆けたからではなく、ライブを一ステージ、こなしたからだ。漫才って、意外に体力と気力がいる。それをやっとこのごろ、わかってきた。

「名前を伸ばすな。あのな、秋本」

「あ、先生、今日はお世話になりました」

秋本が愛想笑いをする。

「秋本、こちら『きのこ汁』の、えっと」

「こういう者です」

男は素早い手つきで四角い紙を差し出した。

名刺だ。

『きのこ汁　清澄（きよずみ）　透（とおる）』

と、ある。名前の下には連絡先として携帯番号とメールアドレスが記されていた。

その横に小さな茸（きのこ）の絵が描いてある。

「ああ、きのこ屋さんか。おれ、てっきりお医者さんかと思うた」

「きのこ屋やない『きのこ汁』や。漫才コンビの名前やないか。だいたい、きのこ屋ってのはなんや。きのこだけ売ってる店があるんかい」

「それにしても、歩。澄んだ名前のお人やなあ」

「うん、清く澄んで透けているわけだからなあ。もしかして、相方は濁流茶色（だくりゅうちゃいろ）なんて名前なんじゃないか」

「いや、淀泥沼（よどみどろぬま）さんかもしれん。ははは、おもろいな」

「おもしろいな」

「木村和成（きむらかずや）だよ」

「へ？」

「相方の名前」

「うわっ、まるで濁ってねえ。残念やな」

秋本が大きく息を吐いた。

「他人の名前で勝手に遊ぶな。それと、勝手にスルーすんな」

清澄くんは不満げに唇を尖（とが）らせた。

「清澄くん、この前の病院ライブにも来てたよな」

「そうや。『ロメジュリ』の漫才、ちょっと気になって見せてもらいにきたんや」

「『ロミジュリ』な。今。間違えたのわざとだよね」

「ふん。どうだかな」

秋本が目を細める。

「もしかして、『きのこ飯』も甲子園狙っとるわけか。それで、おれたちの漫才がどんなものか。確かめにきた」

「『きのこ汁』な。わざと間違えるな。そうだよ。おれたちの最大のライバルになるかもしれん相手やからな。ちょいと敵情視察にきたんや。けど、まあ、安心した」

清澄くんは、玩具の聴診器をポケットにしまおうとして、床に落とした。ぼきっと音がした。どこかが壊れたらしい。妹にかなり怒られ、最悪弁償させられるかもしれない。

「はっきり言って、おれたちの方がおもろいで。キレが違う。ふふ、甲子園地区予選、優勝旗はおれたちのもんや」

「優勝旗、あるんだ」

「……それはまあ、どうかな。ともかく、おれたちは甲子園に行く。行くだけやのうてそこでも真紅の優勝旗を手にする」

「優勝旗、真紅なんだ」

「……そこまでは調べてない。ともかく、おれたちは全国一になるんや。みんなをとことん、笑わせてやる」

清澄くんの表情が引き締まる。眸の中に翳りが走った。

ぼくは息を呑む。

初めて『きのこ汁』の写真を目にしたとき、どうしてだか胸の奥が疼いた。この翳りのせいだったんだ。この暗みのせいだった。

「やっと、ここまで来た。やっと脱け出したんや。おれは、木村と一緒にてっぺん目指す」

清澄くんが言い切る。

どこから脱け出してきたんだろう。ここに辿り着くまで、相方の木村くんに出逢うまで、どんな道程があったのだろう。

問うことはできない。

ただ『きのこ汁』は手強いなと思う。暗みを知った上での笑いは手強い。上滑りしないで、食い込んでくる。

「おれたちが、みんなを笑わせてやるんや」

清澄くんの一言は、秋本の言葉でもある。

みんなを笑わせる。その難しさもすばらしさも、ぼくは知っている。ほんの一端かもしれないけど知っている。秋本が教えてくれた。

清澄くんはどうなんだろう。木村くんとはどういう出逢い方をしたんだろう。この一言の重みをいつ受け止めたのだろう。

やはり、問うことはできない。問うても意味はない気がする。ただ、よかったなとは思う。

清澄くんが木村くんに出逢えて、よかった。

エレベーターの扉が開いた。

「じゃあな。地区予選で会おう。ま、おれらの優勝、ほぼ決まってるけどな」

不敵に笑い、清澄くんはエレベーターに乗り込んだ。

「あ、清澄、おまえ帰るんやないんか」

「そうや。おまえらの漫才は見切ったからな、長居は無用さ。ふふ」

扉が閉まる。

「歩」

「うん？」

「エレベーター、上にいったな」

「うん。七階。屋上のはずだけど……。清澄くん、押し間違えたんだな」

「じゃあ、すぐに下りてくるな。ここで待ってたら、また顔を合わせるってことや」

「顔を合わせたいか」

「そういう欲求は、まったくないで」

「じゃあ、あっちに行こう。おれ、もう一度池内さんと話をしたいから」

「うん」

ぼくたちはエレベーターに背を向けた。

「秋本、漫才甲子園、かなり強敵がひしめいてるって感じするな」

「何てったたって甲子園やからな。でもな、歩」

秋本がぼくの肩に手を回した。

「『ロミジュリ』は誰にも負けへんで」

秋本の手を思いっきり叩く。いい音がした。

「わかってるよ、そんなこと」

廊下で多々良さんが手を振っている。

「二人とも、早う来て。早う来て。みんなが握手したいって」

ぼくと秋本は足を速め、観客の待っている場所に入っていった。


夏、美砂海岸健康ランド。

第一回、漫才甲子園地区予選大会。

その、控室で清澄くんと再会した。

声はかけなかった。

正直、ぼくは緊張しまくっていて、他人と話す余裕などなかった。

でも、清澄くんの傍らに小柄な穏やかな眼をした相方がいるのだけは確認した。

「なあ、この衣装、ひどくないか」

秋本が悲し気な声で訴える。

控室は小ホールとして使っている場所らしく、ブロックごとに分けられていた。ぼくらは湊市を含む東部ブロックだ。

意外なほどの人出だった。

高校生だけでなく、教師や保護者やその他の大人たちでごった返している。

「文句、言わんといて。うちらが、一生懸命こさえたんやから」

森口が鼻から息を吐いた。

「そうやで。貴ちゃん、よう似合うとるで」

メグが頷く。

ぼくは、男物の浴衣に細帯（どちらも父さんの物だ）を締めていた。秋本も浴衣だが丈が膝までしかなく、帯も青い兵児帯だった。

「ビジュアルは大切やからな。ええ感じや」

高原がVサインを作る。

「何とか、テストもクリアーできたし、憂いはない。秋本、思いっきり暴れてきたらええぞ」

「この格好で、どう暴れたらええんや」

「蓮田くん、もう一度、音合わせしといた方がええかな」

篠原がピアニカを取り出す。これと蓮田のギターで、『ロミジュリ』の登場曲を演奏するのだ。テンポのいい、最後にわざと調子を狂わすのが特色だった。篠原に言わせれば「『ロミジュリ』のイメージをうちなりに変換してみた」そうだ。

「エントリーナンバー十二番『ロミジュリ』、エントリーナンバー十二番『ロミジュリ』、舞台袖で準備、お願いします」

放送が流れる。

「よし、行こう、歩」

「うん」

立ち上がる。

遠くから清澄くんの視線が絡んできた。

『きのこ汁』は十六番のエントリーだ。

「がんばってな」

「客席から応援してるで」

森口とメグの声が重なった。


舞台は控室隣のホールだ。

三百人を収容する客席は満員で、立ち見まで出ていた。初めての試みということで、地元のメディアも来ている。

十一番目のコンビが、奈良公園の鹿についてしゃべっている。

ぼくらの後ろに篠原と蓮田がスタンバイした。

「いよいよやで、歩」

「てっぺんまでは、まだかなりあるけどな」

「最初の一歩が肝心や」

最初の一歩。ぼくは、それをいつ踏み出したんだろう。

秋本に告られた十月の最初の木曜日。

文化祭の舞台。

夏祭り。市立病院でのライブ。

ともかく、ぼくは踏み出し、歩いている。

「続きまして、エントリーナンバー十二番『ロミジュリ』の登場です」

女子高校生のアナウンスが耳の奥まで届いてきた。

「よし、いくで」

蓮田が舞台の隅に設置されたマイクの前でギターを鳴らす。篠原がピアニカを吹く。

軽快な曲が流れる。

ぼくの背中を押してくれる。

舞台中央に、銀色のマイクスタンドが立っていた。真っ赤なリボンが結んである。

スポットライトが当たっていた。

ぼくと秋本は、その明りに飛び込むように前に出た。

拍手がぼくらを包む。
眩(まばゆ)い光の中で、ぼくは束(つか)の間、目を閉じた。

# 久しぶり

あさのあつこ

いやいや、まったくもってお久しぶりでございます。あさのでございます。みなさま、お元気でしたか。わたしは、おかげさまでそこそこ元気に暮らしております。そこそこというのは、実はね、奥さん、ちょっと聞いてくださる。ここだけの話よ、ここだけの話。

この前、それこそ久しぶりに健康診断なんか受けにいったわけ。格安だったのよねえ。そのうえ、昼食付だったもので、お得感満載でしょ。でも、何とそこでコレステロール値と胃炎を疑われ、再検査。胃カメラなんてのを呑まなきゃならなくなったわけ。

自分で言うのもなんだけど、わたしって、ほら、見た目若いじゃない。自分でも「やだ、わたし、二十年前から年を取ってないいんじゃないかしら」なんて感じだしねえ。まさか、コレステロール値の高さを指摘されるなんて……、きゃっ、なになに、どうしたの。

わっ、秋本、またあんたなの。どうして、後ろから引っ張ったりするのよ。転んだらどうする気。腕を骨折なんかしたら、原稿、書けないでしょ。締め切り、守れないでしょ。そうなったら、どうすんの。出版業界に多大な損失を与えることになるわよ。

あゆむ〜。このうるさい&森口よりひどい妄想癖のオバサン、どないする。ぐるぐる巻きにして人体模型の横に転がしとくか。

秋本、かりにも作者だから、あんまり無茶はするな。それに、お年寄りには親切に接するもんだぞ。名前を伸ばすな。

そうよ、わたしは作者よ。こんな仕打ちをしていいと思ってんの。歩、あんたも言うに事を欠いて、お年寄りとは何よ、お年寄りとは。二十年前の若さと美しさを保ち続けているわたしに対して、何と言う暴言を吐きくさるのよ。

あさのさん、無理しない方がいいですよ。健康診断で血管年齢が●十代だったんでしょ。骨粗しょう症の疑いもあったんですよね。加齢による脳の萎縮も……。

きゃあ、止めて、止めて。現実を突きつけないで。泣いちゃう。ほんとに泣いちゃうからね。

あさのさん、前に言ってたじゃないですか。十代の少年少女は実におもしろい。誰に出会うか、何に出会うかで大きく変化していく。それを可能性と呼ぶのなら、可能性に満ち満ちた一時を生きる彼ら、彼女たちをとことん書いてみたいと思う。けれど、もう一度、十代に戻りたいとは思わない。年を経る楽しさ、老いていくおもしろさもまた可能性と呼べるのだからって。あれ、嘘じゃないでしょ。

うう、くすんくすん。嘘じゃありません。本気です。

ええっ、そんなかっこええこと言うてたんかい。それやったら、無理に若作りせんかてええやないか。だいたい、あさのさん、二十年前でもそんなに若うなかったし、美しくはもっとなかったはずやで。な、あゆむ〜。

なんで、おれに振るんだよ。もういいよ。あさのさんは放っておこう。関わりあってると大変だから。それより、ほら、読者のみんなにちゃんと挨拶しようぜ。名前を伸ばすな。

あ、ほんまやな。あさのさんどころやないで。えっと、ほんまにお久しぶりです。ロミジュリの秋本貴史です。アメリカから帰ってまいりました。長い間、留守にしてすみませんでした。

えっと、瀬田歩です。同じく、お久しぶりです。えっと、あの……まさか、高校生としてみんなに再会できるとは、正直、想像してなくて……えっと、でも、こうして会うことができて、ほんとに嬉しいです。えっと、あの、だから……自分でも驚くぐらい嬉しいです。ほんとに、驚いています。それで、やっと気が付きました。おれ、ずっと、みんなに会いたかったんだなあって。

あゆむ〜。やっと真実に気が付いてくれたんやな。そうなんや、おまえはおれと漫才の舞台に立つことをずっと望んでたんや。こうして、観客の前に漫才をすることをひたすら、望んでいたんだ。やっとやっと、自分の内側にある真実の声に耳を傾ける素直さを取り戻してくれたんだね。先生は嬉しいよ。

おれ、観客の話なんかしてないから。読者の話をしてるから。そこんとこ、取り違えないように。それと言葉遣い、変になってるし、いつの間にか先生になってるし。おまえこそ、自分を取り戻せ。名前を伸ばすな。

あ、どうもすみません。けど、嬉しいのはおれも一緒や。歩の言う通り、おれ、めっちゃみんなに会いたかった。会って、ハグして、ロミジュリの漫才を聞いて欲しかったんや。おれら、これからも、高校生になっても、二十歳になっても、還暦過ぎても、ずっとずっと二人で漫才やってる。今回、それが確信できたんやな。みんなに会えて、おれたちの話を読んでもらって、それでおれの中の決意やら希望やらが伝わったら最高やと思う。

還暦過ぎて漫才……、おれ的にはどん底だな。でも、ロミジュリで漫才をやる限り、みんなに会えるのならそれも……。

ええやろ。

いや、ごめん、断言はできない。ともかく、今はみんなに会えて、すごく幸せです。今は。

おれたちのＭＡＮＺＡＩ、これからやで。応援、よろしく。

みんな、ほんとにありがとう。こんなこと言うの、恥ずかしいけど……、おれ、みんなが大好きです。

おれも歩のこと好きやで。マジで好きや。

どさくさに紛れて、告白すんな。名前を伸ば……してないな。

本書は書き下ろしです。

The MANZAI
十六歳の章

あさのあつこ

平成30年 7月25日　初版発行
令和6年 12月15日　5版発行

発行者●山下直久

発行●株式会社KADOKAWA
〒102-8177　東京都千代田区富士見2-13-3
電話　0570-002-301（ナビダイヤル）

角川文庫 21030

印刷所●株式会社KADOKAWA
製本所●株式会社KADOKAWA

表紙画●和田三造



●お問い合わせ
https://www.kadokawa.co.jp/（「お問い合わせ」へお進みください）
※内容によっては、お答えできない場合があります。
※サポートは日本国内のみとさせていただきます。
※Japanese text only


ISBN978-4-04-105062-0　C0193

# 角川文庫発刊に際して

角川源義

第二次世界大戦の敗北は、軍事力の敗北であった以上に、私たちの若い文化力の敗退であった。私たちの文化が戦争に対して如何に無力であり、単なるあだ花に過ぎなかったかを、私たちは身を以て体験し痛感した。西洋近代文化の摂取にとって、明治以後八十年の歳月は決して短かすぎたとは言えない。にもかかわらず、近代文化の伝統を確立し、自由な批判と柔軟な良識に富む文化層として自らを形成することに私たちは失敗して来た。そしてこれは、各層への文化の普及滲透を任務とする出版人の責任でもあった。

一九四五年以来、私たちは再び振出しに戻り、第一歩から踏み出すことを余儀なくされた。これは大きな不幸ではあるが、反面、これまでの混沌・未熟・歪曲の中にあった我が国の文化に秩序と確たる基礎を齎らすためには絶好の機会でもある。角川書店は、このような祖国の文化的危機にあたり、微力をも顧みず再建の礎石たるべき抱負と決意とをもって出発したが、ここに創立以来の念願を果すべく角川文庫を発刊する。これまで刊行されたあらゆる全集叢書文庫類の長所と短所とを検討し、古今東西の不朽の典籍を、良心的編集のもとに、廉価に、そして書架にふさわしい美本として、多くのひとびとに提供しようとする。しかし私たちは徒らに百科全書的な知識のジレッタントを作ることを目的とせず、あくまで祖国の文化に秩序と再建への道を示し、この文庫を角川書店の栄ある事業として、今後永久に継続発展せしめ、学芸と教養との殿堂として大成せんことを期したい。多くの読書子の愛情ある忠言と支持とによって、この希望と抱負とを完遂せしめられんことを願う。

一九四九年五月三日